看世界本来的样子

洮河源
笔 记
TAO HE YUAN BIJI

王小忠 —— 著

广西师范大学出版社
·桂林·

图书在版编目（CIP）数据

洮河源笔记 / 王小忠著. --桂林：广西师范大学出版社，2021.9
ISBN 978-7-5598-4130-8

Ⅰ．①洮… Ⅱ．①王… Ⅲ．①散文集－中国－当代 Ⅳ．①I267

中国版本图书馆 CIP 数据核字（2021）第 157348 号

广西师范大学出版社出版发行
（广西桂林市五里店路 9 号　邮政编码：541004）
网址：http://www.bbtpress.com
出版人：黄轩庄
全国新华书店经销
广西民族印刷包装集团有限公司印刷
（南宁市高新区高新三路 1 号　邮政编码：530007）
开本：787 mm × 1 092 mm　1/32
印张：6.625　　　字数：130 千
2021 年 9 月第 1 版　　2021 年 9 月第 1 次印刷
印数：0 001~4 000 册　　定价：48.00 元

如发现印装质量问题，影响阅读，请与出版社发行部门联系调换。

序 边地的人性叙说

前军夜战洮河北，已报生擒吐谷浑。

洮河在历史的典籍里，是和狼烟、杀伐、迁徙，和吐谷浑、吐蕃、戎羌相关，是诗词的边地，是无定河边骨、梦到辽东、大漠孤烟直一样的苍茫。那时的洮河，就是一个名词设置的空间支点，想象还原的支点。

而在《洮河源笔记》里，我们却看到了另一种物象与风情。小忠书写的并不是洮河源的自然文学，他笔下没有生态文学的伦理，不像梭罗在瓦尔登湖那样，关注自己的内心；在小忠的笔下，洮河源头，只是一个舞台背景，他是在写这个舞台上演的剧目。

一开始，我以为小忠是以自然为中心的叙写，但是，最后发现他关注的还是人的文学，人的命运的跌宕。陈木匠这个出入三瓦两舍的浪荡子，一会木匠铺，一会赌博场，他与女儿的隔阂、女儿的私奔，这些事，蕴含着小忠告诉人们的永恒的道理：人活着的艰难。

小忠写了有才与傻子哥哥、年迈的母亲的家庭伦理的悲剧。这是一家因水库而搬迁到高坡上的人家，有才的哥哥因智力有问题而没有媳妇，有才的弟弟采挖洮砚石的时候被活活埋在老坑里了，后来妻子带着两个女儿也离开了。有天晚上，当有才的傻哥哥从老母亲房间刚出来时，有才就抡起了榔头。最后有才烧了房子，母亲被活活烧死，他自己跳进了洮河……

小忠也写了自己的母亲，这是一个想从生活中剥离出来的母亲，但这事有点艰难。他说：深处生活之中，何以谈剥离？可她总是那么想。我们理解她，也不理解她。母亲努力要做到一心向佛，剔除所有杂念，想成为洮河岸边的那个老太太。可是母亲忽略了我们。因为她是母亲，一旦具有了母亲这个身份，她想逃离生活，自然是不可能的了。

这是一个在生活重压、丈夫暴力下生存的母亲。因为弟弟的病，母亲后来皈依了。母亲说，她去寺里完全是为了我们，她学习诵经也是为了我们。

我觉得这篇文字，是小忠写给母亲的祭文，"母亲一心想离开红尘,可她哪里懂得,人在红尘中生活,有谁曾真正离开过呢?洮河能流走世间一切或清或浊之物,它不随人的意愿而有所选择。然而清则濯缨,浊则濯足,这应该归于自己的选择吧。母亲选择了皈依,我们还能说些什么呢!"

读了小忠的这篇散文,我好像触到了小忠的笔墨的源头,他也是心有祥云的人,那是母亲诵经的声音——观自在菩萨,行深般若波罗蜜多时,照见五蕴皆空,度一切苦厄……

《洮河源笔记》也记录了洮河流域的一些山水、人文,写了车巴河、大棚菜,这些都是红尘中的事物。这些事,真真假假虚虚实实,但我们看到的是小忠的修辞立其诚,我们能看出他文字的内在力,他敢于刺破生活的表层,直击人性和社会的幽暗,这无疑是一种勇敢。相比小说的虚构,散文对现实的叙写,有着外在的压力和内心的纠结与困境,小忠不做虚无党,不伪饰,击破自己内心的怯懦,这是十分难得的。

由小忠的甘南藏地的风情,我想到的是沈从文先生的《边城》,人们说那是现代文学史上最纯净的一个小说文本,是现代文学牧歌传统中的顶峰之作。

我以为,沈先生心地纯良,有意过滤掉了那兵荒马乱时期的悲剧和丑恶,他关注山水之美、人性之美、风情之美。我觉得,那样的边城,只是沈先生的幻觉,那边城世界,人真，境真，人性与自然皆真、皆美，无邪恶，无贪欲。即使存在贫富差距，大家也安然接受命运的安排，这其实就是一部童话。批评家刘西渭评价《边城》说：这些可爱的人物，各自有一个厚道然而简单的灵魂，生息在田野晨阳的空气。他们心口相应，行为思想一致。他们是壮实的，冲动的，然而有的是向上的情感，挣扎而且克服了私欲的情感。对于生活没有过分的奢望，他们的心力全用在别人身上：成人之美。

但我还以为，这样的美，就像傩送一样，会离开边城的；这样的美，就是傩送抛下翠翠出走他乡，留下翠翠孤独地守着渡船，痴心地等着傩送归来。"这个人也许永远不回来了，也许明天回来！"

小忠的边地，不是自然文学的桃源，现在散文一窝蜂地奔向自然生态文学，也许是人在高楼大厦享受现代科技的盛宴感到倦怠后，对现实世界的人性丑恶尔虞我诈的修复和模仿，但取得人与自然的平衡，才是散文写作应取的态度。

没有人的良知，没有现实世界人文精神的提升，生态文学能走到哪儿去呢？这是我读小忠《洮河源笔记》产生的一个疑问。

耿　立
辛丑年端午后三日于珠海白沙河畔

目录

祥　云　1

光阴下　26

洮河石花鱼　53

坡上人家　74

大棚蔬菜　96

风过车巴河　116

三条河流　142

洮河源笔记　157

代后记
行走：现实与想象　199

祥云

1

吱呀——咣当——先是开门,接着是物件相互碰撞的声响,原本睡不踏实的我这下彻底失去睡意。除了母亲,家里再没有第二个人能在这个时辰起来的。隔壁就是堂屋,是母亲专门念经礼佛的地方。以前挂关老爷的中堂被取掉了,换之而来的是母亲从寺里请来的菩萨。所摆瓶瓶罐罐也不知去向,陈旧的柜子上是一排盛满净水的小铜碗,三盏长明灯,还有一盘干果。除了寺里有佛事活动,母亲所有时间几乎消耗在这不足三十平方米的堂屋里。堂屋是她独有的世界,不允许别人长久驻留,更不允许说出有丝毫亵渎与冒犯的言语。早就习惯了,我们从不惹母亲生气,连父亲都弃去了他暴戾的脾性。对母亲的所作所为我们都怀有各自的衡量标准，也是因为洮河两岸风俗复杂，人心各异，倘若有半点差错，几辈子过去，还会有人提及，因而大家保持着惯性的谨小慎微。

母亲知道我在隔壁，尽管她很小心，可我还是醒来了。整整两个小时，念佛机里传出的声音清晰可闻。听着佛音，仿若置身云端，似真似幻。其实家里有个念经的人，或许也是福气吧。我只能这样去想，至于母亲的心思，谁愿用不恭的言语去猜测呢！

然而母亲已经不在了。初冬的某天早晨，我接到家人的电话，说母亲早早起来就晕倒了。我一时回不过神，但马上感觉到母亲可能已经没有了，家人只是为安稳住我的心情而说了善意的谎言。

自从在洮河沿岸的车巴沟驻村起，我回家的次数少，因为手头的工作忙忙碌碌，做不到悉心照顾。当我在中午时分赶到老家的时候，母亲躺在炕上，只有一口气，已经没有了意识。大家都没有动，实际上大家何尝不清楚呢。从早上六点多至此已过去近七个小时，错过了最佳的抢救时机。本家兄弟们说，等大家忙忙乱乱将人抬到炕上，才开始叫救护车。我知道老家的情况，一旦发生这样的事情，压根就没有指望过。

事已如此，但也不能坐等母亲咽气。通过各种方式，我们终于找来了救护车，送母亲去了县城医院。送母亲去医院的那一瞬间，我心头突然闪现出一个可怕的想法——倘若抢救过来，母亲却永远醒不了，该怎么办？这样的事情的确是很难做的。真是那样，母亲只好受罪了。如果不去医院，我们谁能担当起让别人看来是极为不孝的罪责呢？母亲其实是很健康的，她总是闲不住，在我们的思想中，也暂时没有将死亡和母亲拉在一起。父亲常年身体不好，才是我们兄弟几个经常担心和唠叨的话题。然而母亲却先一步，留下了父亲，留下了我们。

县城医院没有开颅的本事，建议我们到大医院。母亲颅内出血十分严重，我从所拍片子和医生的神情上，早就看出了不祥。怎么办？大哥说，还是走吧。大哥是本家最大的兄弟，当然他也很清楚母亲的情况，只是不便明说，依然坚持要颠簸上百公里路途。大哥那样做，莫不是为换取村人眼里的一片孝心呢？按我的想法，其实没必要折腾了。所谓孝心，更多时候就是给别人演戏。孝心深浅，这么多年来我们自己心里没有底吗？常言道，人生道路是自己走出来的，真的是吗？有时候，我反而觉得很多条路摆在我们面前，却不由我们来选择。果然，没有走出十公里，母亲就走了。她没有跟我们说一句话，也没有经历疼痛的折磨，就那样平静地走了，我心里默默记住了母亲离开尘世的时间——乙亥年九月廿八日酉时。

母亲生肖猪,今年七十一岁。从五十八岁皈依到如今,念经礼佛这件事上她从来没有马虎过。我不知道,十多年来,她的精神世界得到了怎样的解脱和满足。然而当我想到现实中的母亲常常表现出近乎木讷与痴呆的状态时,内心却是一片茫然。

母亲生育过五个儿子,一个女儿。一九七八年冬天,母亲三十一岁,那时候她已经是四个孩子的母亲。那年大哥八岁,二哥五岁,三哥三岁,我不满一岁。大哥机灵,但不去读书,在家除了帮母亲干碎活,就带着我们。十五岁那年,一场恶疾要了大哥的命。那时候人命贱,哭几声就没事了。听老人们说,母亲对大哥的离世就是那样。谁曾想到,相隔短短两年后,二哥和大哥患了同样的恶疾,母亲就有点站立不稳了。不要怕,还有几个。这话是家里老太太说的。属于安慰,还是对家门不幸及不公命运的抵抗,谁也不清楚。但那之后,父亲再没有出远门,他和母亲一同守田地,一边照顾老人,一边大声呵斥着我们。见证父亲暴戾的脾气就集中在那段时间里。

母亲自然是习惯了,她对父亲的暴力从不去反抗。父亲的暴力也是因母亲散漫的性格,次数多了,我们习以为常,实际上也是过于怕父亲。母亲眼泪很少,当初失去了两个儿子，也没有表现出伤心欲绝和痛不欲生来。但那次她失声痛哭了，几天之后，还沉浸在悲伤中，好像对自己来到尘世而无法原谅，但她找不到理由。起因还是她的散漫。一家人一起打碾青稞，其间母亲去邻居家借东西来迟了。父亲见踽踽而来的母亲，眼睛像充了血一样，杈把都打坏了。多年之后，母亲说起过那次迟到的原因。我们对母亲的散漫还持有抱怨，当然也无法彻底原谅父亲的暴力。母亲似乎命中注定和佛结缘，那次就是因为她在邻居家多看了几分钟《西游记》。

几十年过去之后，我还是做不到彻底的理解。所有一切实际上源于洮河中游一带的传统习惯——女人在家庭里是没有任何权力的，男人的地位高高在上，是一个家庭中主宰一切的"神"。这样的传统源头深了，怎么能梳理得清呢。母亲除了散漫，我们很难找出她身上的其他毛病。一个地道的农民，在农牧结合十分紧密的地区生活，各种各样的思想都会入侵。需要多久的时间，才能打破禁锢的界线，做个堂堂正正的人？母亲一直努力着，这让父亲想不通。实际上，我们也对母亲这种悄无声息的转变持有质疑态度。只是碍于她的身份，或是心理上的障碍，不敢明说罢了。

收 割

2

母亲和父亲大半生都合不来,他们的性格就是两个极端。磕磕绊绊能走过这么多年,不至于决绝,顾全一个完整的家的同时,也顾全了我们的精神世界。然而他们之间的矛盾没有间断过。甚至今天,父亲虽然不再打骂,而满脸怨恨与怒气依然未曾消退。

母亲没有理由不疼我们,何况她是失去了两个儿子的母亲。几十年过去,每提起离世的我的两位兄弟时,母亲已经不流泪了。她的时间仿佛停留在那个节点上,或许是那个节点上的伤疤作用于母亲,因而她的行为之中夹带了许多不可思议的愚蠢。

弟弟自幼身体羸弱,又不爱读书,于是他继承父亲并不精湛的手艺,出门给人家做桌子板凳之类的木工小活。弟弟出门在外一般不会超过一个月,其间总要回来住几天。他大多在牧区定居点上,那次是主人家要给儿子结婚,要赶活,因此没有中途回家。整整五十天,母亲端着碗也要跑到门口看几回。

弟弟延后的回来,却让母亲付出了代价,也让家受到不同程度的损失。母亲对此并没有认识到有什么过错。这一切当然也是十几年之后她才告诉我们的。她说,那天家里来了一位僧人，说家中要出大事，有血光之灾。她一听就慌了，于是对那位僧人苦苦相求，那僧人也答应诵经祈福，化解劫难。僧人念了一小会儿，并叮嘱她一日内不要出门，之后就走了。总之，那天她是倾其所有，连一对古旧的银耳环也双手恭送人家了。几日后，她的躲躲闪闪让父亲看出了破绽。再之后的事情我们都知道。一次晚饭时分，父亲的愤怒达到极点，母亲再次遭受精神与皮肉的双重痛苦。当时我们始终没有明白，父亲为何无缘无故打母亲。毕竟是父亲，就算有足够的力量，我们也会被意识中的威严和地位所扼杀，但我们在心里真的对父亲仇恨不已。母亲没有流泪，也没有辩解。十几年之后，母亲提及那件事儿时，我们真不知道应该体谅父亲，还是可怜母亲。母亲依然不认错，大家心里都清楚，那僧人出门拐进另一小巷，脱掉僧服，又可能换上道袍，再去找像母亲一样可怜而愚蠢的另一个母亲了。

是的，我们无法给母亲一个让她信服的理由。母亲是失去两个儿子的母亲，这个理由对她而言已经足够了。尽管如此，她还是没有逃脱父亲的打骂，也没有逃脱我们对她的嘲笑。母亲对此并不痛恨，也不伤心，说花钱买心安。仔细一想，我们还有什么理由不理解母亲呢？因为这个尘世上，再也没有比心安更值钱的东西。

弟弟结婚的时候，母亲依然健壮。那天她很高兴，但哭了。哭对母亲来说为数不多。如果老大老二在，多好。母亲哭着说。的确也是弟弟的婚事办得寒酸，可我们都尽了所能。一切平安着，其实就够了。弟弟婚后不久，就病了一场，整个家庭再次被几十年前的那种阴影所笼罩。母亲的样子令人担忧，她一边看起来轻松地为我们洗菜做饭，一边又情绪失控，拿着草芥追着飞舞的苍蝇，口里叫着失去的两个儿子的名字。母亲越是这样，父亲越是暴躁。炕上躺着一个，地上叫着一个，还活不活了？父亲一边破口大骂，一边收拾起搁置很久的工具，出门去了。

半年后，弟弟慢慢好了起来。弟弟的病是用邻居家老太太说的偏方治好的。母亲得到偏方后，就在大街小巷和压面铺里收集鸡蛋壳，将鸡蛋壳放到锅里炒黄，擀成粉末，让弟弟每天空腹喝。鸡蛋壳吃好了弟弟的病，个中病理我们说不上来，但邻居老太太功不可没。

邻居老太太六十多岁，是虔诚的佛教徒。弟弟好了之后，母亲就和老太太黏在一起。老太太每天去寺里，母亲就跟着。很多次，母亲说，她去寺里完全是为了我们，她学习诵经也是为了我们。我们没有理由拒绝母亲的疼爱与呵护，但我们在心里依然嘲笑母亲的愚蠢和迷信。

3

母亲终于皈依了。那年，母亲五十八岁，我们都觉得不可思议。

佛祖收了个蠢货。父亲的话有点过了。其实父亲也是随口一说，他不会想到母亲真的皈依了。佛祖对放下屠刀的人尚且可原谅，而对一个年近花甲的村妇有啥理由不敞开胸怀呢！皈依对母亲来说是极其简单的，因为她对皈依的含义并不清楚，她只是念经礼佛，况且从头至尾会念的经文就那一句——南无阿弥陀佛。

其实，在洮河中游的农牧区接合地，像母亲一样皈依的人很多。洮河径流面积大，地域广，因地区民族不同，各种教派林立。母亲选择了皈依佛教，也或许不仅仅是邻居老太太的劝说。记得早年，父亲的亲密朋友多次路过，都要来家里喝口水的。他们或去寺院里还愿，或去求个平安。不论拉家常，还是说真事儿，都没有离开过佛。父亲心硬，对此半信半疑，信，也只是一瞬间的念想。可是母亲不一样，因为母亲失去了两个孩子。记忆当中，母亲也常说要去寺院祈愿之类的话。

和我的猜想一样，父亲以为母亲只是说说而已，可母亲是真的皈依了。不但如此，她还动员其他人。在左七右八的

唯有自己的虔诚让他人感动，才是真心

邻居中，甚至邻近的亲戚中，母亲开始宣扬她皈依的消息。母亲愚笨，她没有花言巧语说服别人的本领，何况一个人是否选择皈依佛门，根本就和别人的游说无关。母亲在那件事上做得不好，至少我们看来母亲的确是愚蠢的。劝人皈依佛门功德无量，母亲肯定这么想了。可她哪里知道，佛门拒绝劝人，拒绝拉信徒，唯有自己的虔诚让他人感动，才是真心。

巷道里好几个年龄和母亲相仿的老人，平日里和母亲相处得特好，可当母亲三番五次提及皈依之事，她们就开始疏远了。不但如此，她们还将母亲的话传到父亲耳中。父亲已是六十多岁的人了，他想都没想就拿起了杈把，不同以往的是杈把没有落到母亲身上，他打碎了家中两扇窗户，骂了整整两个小时，三天没有出门。父亲的做法除了给自己淤积了更大的怨怒，也带给了母亲无限的悲伤和孤独。那之后，邻里及亲戚们见了母亲都自觉地躲开了。大家都是好心，可谁说母亲就不是好心呢？

母亲皈依之后更加坚定了，她不大声说话，不议他人与事，而且在饮食上开始挑选，逢初一十五不沾荤。我们怕她长期下去身体会垮掉，可无论怎么劝说，依然动摇不了她的决心。逢年过节，母亲总是一个人坐在她亲手缝制的铺垫上，周而复始念着那一句——南无阿弥陀佛。一个家庭，突然间就划分出两个不同的世界来。信仰是建立在内心层面上的，别人无法反对。我们只能眼睁睁看着，给予理解的同时，内心并没有少抱怨。

母亲皈依之后更加忙碌了。准确地说，是家里的农活越来越少了。这也是洮河中游农牧接合地的惯见现象。农业靠天吃饭，牧业却又因为草场的不断缩小而导致收入锐减。于是传统的种植慢慢被人们放弃，就连纯牧区也开始探索新的出路，或加工皮张，或提炼奶渣。我们早些年就下决心不种庄稼了，大家都在外面，父母年事已高，再说雇人去种庄稼实际上入不敷出。父母大半辈子出没田间地头，且身体没大毛病，门口种一方洋芋原本也是没问题的，但我们还是雇了人。父亲骂骂咧咧，说我们有钱了就忘了苦日子。其实，不想让他们下地的同时，我们更不愿听到亲戚朋友们说三道四。

除喂狗外，父亲算是彻底闲了。而母亲不同，她要做饭，还要去寺里。从寺里回来，又忙着去堂屋换净水、焚香、磕头、念经。我们相信母亲有坚定的信心，有真实的愿心。我们也祝福母亲，愿见佛陀，往生极乐，同时我们也质疑母亲的做法。善念到此，何必耿耿于形式？我始终觉得，皈依在一定程度上让母亲多了一具心灵的枷锁。一切众生皆有佛性，唯其皈依方可使迷失之本性找到回家的唯一途径吗？

4

母亲的忙与父亲的闲又构成他们生活中新的矛盾。村子里老人有专门聚会的地方，在那里你能听到关于村里每户人家的消息，甚至邻村的许多事情都能听到。父亲的大多时间就消磨在那里。午后当他回家，发现炉火熄灭了，他就不分青红皂白地怒骂，完了又是没完没了的抱怨。在母亲眼里，这些都是小事，不值得大吵大闹，可父亲的性格决定了他不会温顺地说话。母亲不接话茬，念经礼佛已经成为她生活的全部。有段时间，怒气冲冲的父亲执意让母亲搬到寺里去住。

就这样，父亲和母亲的矛盾日益加剧。唯一让母亲感到欣慰的是，父亲对她的念珠及礼佛用具从来不动。父亲看来或多或少也是迷信的，他也怕有报应。他们已将迷信与信仰混为一谈，却又保持各自内心的戒守。从春雨来到冬雪飞，他们之间少了热炕暖火的厮守，多了相互背离的孤独。父亲知道，以他的力量，包括所有怒气，都不可能将母亲从皈依中拉出来。后来的日子里，父亲渐渐弃去了争吵，变得沉默寡言，愈加孤独而沉重了。

老房子越来越旧了，堂屋里母亲常年点灯，更是幽暗不堪。有次母亲点灯，还差点让老房子变成灰烬。后来父亲买了三盏电子灯，尽管母亲不大乐意，却也没有反对。我们商议要翻修老房子，父亲说我们都在外有房子，没必要再投财力物力人力在老房子上。话是没错，可让两位老人守着老房子，我们心里过意不去。父亲死活不同意，老房子的翻修计划就那样搁置了下来。冬天一到，老房子收拾起来更加麻烦，劈柴烧火，掏灰扫地，到处是飞舞的灰尘。父亲不管这些，他躺在炕上，一心沉浸在炮火连天的电视剧里。母亲坐在铺垫上，依旧是雷打不动的南无阿弥陀佛。

寒冬腊月，我不管他们如何不情愿，强行接他们到暖气房里。几日之后，母亲感冒了，父亲更是怨声载道，说和坐监狱没啥区别。母亲的感冒一直不好，可她不去医院，而且固执地认为是佛祖怪罪于她。有天下班回家，当我打开房门时，家里空无一人。打电话一问，才知道他们早就回到老房子了。电话中父亲嗓门很大，说了一大堆老房子好的理由来。奇怪的是两日之后，母亲的感冒也好了。是他们的命贱吗？我并不存心这么猜测，然而事实如此。事实真的如此？所谓孝顺，并非孝敬那么单纯，更多的应该是顺从吧。后来我想，只要他们开心、乐意，大可不必在意别人说三道四。

寺里有佛事活动，要接塑身佛像，要修新的佛堂。在母亲心中，这一切比任何事情都重要。我不敢相信，母亲表现出青年时期一样的精力来。更不明白，她的精力来自何处？

母亲投身于繁重的劳动之中，义无反顾，这和年轻时候

河流之上的水转经房

散漫的她判若两人。大概是母亲真高兴了,她滔滔不绝地说起寺里的事情。我们只能心疼,却无力阻止。母亲信佛,我们不能多说什么,母亲将自己积存下来的所有钱都投到功德箱里去了,她说钱是给佛祖的。我们只能顺着她的思路,给予更多安慰和理解。其实,我们何尝不保留对她所做一切的质疑、讽刺,甚至嘲笑呢。

5

母亲有胆囊炎,已经好几年了。胆内有少量泥沙,保守治疗,不动手术最好。一旦泥沙形成石头,就不得不动手术。

母亲的病是在冬日深夜复发的,当我们赶回来的时候母亲已经躺在手术室里。胆囊炎形成结石并突然发作,没有征兆,也毫无防备。父亲说,他知道的时候已经是后半夜。后来我们才知道,疼痛其实从晚饭时候就开始了。自从父亲放弃和母亲的争吵之后,两个人倒是相安无事。从年轻时代争吵到如今,两人大概早就疲惫不堪了。我们很担心,从争吵转入陌生化,会不会生出更大的罅隙来?那样他们不但彼此不能照顾,反而会多出毫无必要的新的仇恨。

母亲念完经一般是晚上九点多,那时候父亲已经入睡了。父亲说,他半夜起来,发现母亲半跪在炕上,双颊流汗,还坚持默默念经。母亲不但固执，而且迂腐，不去医院，自以为念经就会好起来的。天亮前，父亲的脾气终于爆发，房前屋后的邻居被惊动。在众人的劝说下，才去了医院。母亲坚信佛祖的保佑，念了一晚上经，疼痛并没有缓解。父亲大发雷霆，事情依旧没解决。他们将自己折腾得筋疲力尽，彼此始终无法和解。

中午时分，母亲的手术顺利完成。拇指大小的三颗暗黄色石头取了出来。不知道母亲哪来的精力去抵住它们堵塞胆管的疼痛呢！下午时分，母亲从昏迷中清醒过来，不说话，当她环视了一圈围在病房里的我们，眼角滚下了一颗巨大的泪珠。

母亲年龄大了，恢复起来很慢，半月之后才出院。她在医院的那段日子，一家人相处最和谐。说来也可笑，在医院里，我们真的感受到了家的温暖。回到老房子后，一切又变得单调乏味，甚至还有莫名的紧张。父亲很少说话，加之耳朵不大好，因此将电视的声音开得很大。母亲需要静养，可她折腾着要去堂屋念经。都不像老人，完全是两个孩子，都需要劝着，哄着。无奈之下，我们只好让母亲坐在炕上，将她从寺里拿来的经书一页一页念给她听。

三个月之后，母亲完全康复了，话也多了，高兴的时候会给我们说她小时候的事情。不过大多话题还是离不开寺里，离不开菩萨和佛祖。我笑着问她,念经能消掉那些积在胆管中的石头吗?母亲又不高兴了,她说,你没看到我的手术很轻吗?我都没有感觉到疼。母亲还说,手术前她看到了祥云,是大型佛事活动或接佛时才会出现的那种祥云。后来,她就睡着了。

是的,念经能让一个人稳静下来,可也不能将此与万物之规律拉在一起去说。母亲坚信一点,只要虔诚,佛祖就会看见。可她哪里知道,大千世界,芸芸众生,佛祖怎么忙得过来。母亲已经处于迷信之中了,压根不懂修行为何物。不过话说回来,心无杂念,一心一意念经修善,算不算修行呢?

母亲不识字,但勤学好问。《般若波罗蜜多心经》《大悲咒》等如此拗口,她在我们的领读下,几个时辰就会背了。母亲自然是不明深意的,那些博大精深的经文也不是一个村妇仅靠背诵就能理解的。母亲只是诵念,也仅仅是诵念,其实她的那颗心已经和经文完全合在了一起。

母亲带来的经书很多,只要我们在,她就缠住不放。我们没有理由不孝顺她,可我们只能孝敬,却很难做到不打折扣的顺从。母亲看着我们浮躁的眼神和有一句没一句的敷衍,便接过经书,非常失望地叹气。

不过母亲也会说起王祥卧冰的故事,也会说起洮河岸边一位老太太念经成佛的传说。所有一切都是为了教化我们。母亲想从生活中剥离出来,那是多么艰难的事儿。深处生活之中,何以谈剥离?可她总是那么想。我们理解她,也不理解她。母亲努力要做到一心向佛,剔除所有杂念,想成为洮河岸边的那个老太太。可是母亲忽略了我们。因为她是母亲,一旦具有了母亲这个身份,她想逃离生活,自然是不可能的了。

6

寺里特意组织了旅游团,要去朝拜几个有名的寺院,母亲在电话里像孩子一样高兴。我们都给了母亲盘缠,母亲露出不好意思的表情来,且让我出去换些零钱。她没有说,而我何尝不清楚。母亲绝不会在外大肆挥霍,也不会千里迢迢买些无用的东西带回来。那些零钱会一一投放到不同地点、不同寺院的功德箱里去。

母亲不在的那一个多月,我回了四次家。家里没有女人,真的很难称其为家。父亲有点可怜,我目睹他一天的生活——生火,做饭,看电视,出门溜达,喂狗,看电视,烧炕,做饭,喂狗,看电视,睡觉……父亲的日子被寂寞和孤独所包围。父亲做饭也只做两碗,一碗给自己,一碗给狗。

更多的时候,父亲会搬一把凳子,一边自己吃,一边看着狗吃,边吃边说,可他死活不去我们的住处。老人最怕的并不是日子的艰苦,而是孤独,是失去我行我素的自由。我们的住处不像村子,到处都是坚硬的水泥和石头,邻里也是很少往来,如此陌生而冰冷,他们何尝不孤独?还有,一到城里,他们就不由自主禁锢了自我内心,万事都做不到顺畅,自由快乐根本无从谈起。我理解他们的苦衷,春和景明时分偶尔来城里住两天,不也是消除村里人对我们的偏见吗?我们所能做的,大概也只有这些了。我们也是常常用这样的举动、用这样的所谓孝顺的借口来蒙骗自己。一切为满足内心固有的虚伪,仅此而已。

母亲常说,能看见祥云的人,是修行到一定程度的人,是可以到达极乐世界的人。很多次,我怀疑母亲得了幻视症。母亲对所有事物都充满了敬畏,可她和她年龄相仿的人无话可说,别人的言行也提不起她的兴趣。别人笑话她,说念经念成了傻子。而母亲的心里,压根就看不上他们,觉得他们活得空虚无聊。这点令人害怕,同时我们发现母亲在做事及与人交流上已经显现出近乎痴呆的症状来。我们不反对母亲念经礼佛,也不会阻止她去寺里。然而,母亲却已陷入盲目的迷信之中。我们的劝说不会拉她出来,反而使她失望、伤心,甚至陷入更深,以至于放下我们,一心扎入她所幻想的祥云之中，极力遥望通向极乐世界那五彩斑斓的大道。然而一切无济于事，在孝敬和顺从间充满矛盾的同时，我们只能努力消解内心对她的抱怨，多去理解。一切随她吧，只要她自己觉得快乐就行了。

父亲晚景凄凉，但他并没有改变对母亲的刻薄。他和母亲已经拉开了距离，或是母亲的内心过于澄澈，已不再装有过多的芜杂。母亲一心想离开红尘，可她哪里懂得，人在红尘中生活，有谁曾真正离开过呢？洮河能流走世间一切或清或浊之物，它不随人的意愿而有所选择。然而清则濯缨，浊则濯足，这应该归于自己的选择吧。母亲选择了皈依，我们还能说些什么呢！

母亲不识字，但她勤学好问。从寺里带来的那么多经书，我们真的做不到逐字逐句的讲解。可她并不死心，因为她心中只有祥云，只有极乐世界。她通过各种渠道，已经学会了许多经文。她比以前更忙碌了，天不亮就起来，一直到晨曦初露。那间狭窄的堂屋里，充斥着的全是她诵经的声音——观自在菩萨，行深般若波罗蜜多时，照见五蕴皆空，度一切苦厄……

然而母亲已经不在了。母亲劳碌一生，我们遵循了她生前的遗嘱，将她土葬，并叫了寺里人念了大经。同时，也按照村子里经常举行的三献礼祭祀了母亲。那天天很蓝，没有

这条路是母亲自己选的

云。祭祀期间，我曾多次抬头看天，还是没有看到云。九叩首期间，我依然没有看到云，她平常说的祥云根本就无从谈起，但她的身影的确是时刻在眼前晃动着。

然而母亲已经不在了。先生的祭文十分高调，也有点名不副实。母亲只是很普通的一个母亲，洮河沿岸像这样普通的母亲是数不过来的。先生写祭文，何尝用心过？不过作为世俗世界里所谓对勤劳者的赞美和安慰，我也无话可说。我深深地知道，那些虚假的光环，终究无法遮掩住我内心的伤悲。

大家都回到了各自的岗位上，安心过日子。母亲的突然离开，对我们来说，就是一个梦。真的不愿醒来，因为一旦醒来，我们就没有了母亲。好多次，我无法回过神来，也常常想，当我从车巴河边回来，看不见母亲，房屋就变得幽暗了许多。山岗上，晃动的人影渐次消失。落日下，场院里豆子像一群孤独的孩子。我也想，这时候，她就会回来。温暖的火苗跳跃着舔舐黑的炉灶，她坐在矮小的板凳上，像一尊菩萨，给我们祈祷平安和吉祥。我不敢说出怀念，或是祈祷的话。风马在蓝天上飘飞，山岗上的经幡也在呜呜作响。我就是不敢说出内心的感伤，也无力补偿失去的遗憾。

现在，我们隔着一层厚厚的土，我不敢轻声呼唤她的名字。想念是多么奢侈的一件事。而深埋大地之下的她，再也不肯告诉我们她的苦衷,也不肯透露,那些关于活着的艰辛与困苦。

然而母亲已经不在了。母亲没有对我们开口说话,她言语很少。她留给我们那么多无法破译的语言,"对苟活于尘世中的她的儿女们来说,秘密日益重要起来"。

         2018.09 通钦街
         2019.01 当周街
         2019.11 刀告村

光阴下

1

十六年前,当草原一片葱绿时,我告别了学校,离开了靠父母供养的日子。立秋之后,坐上大巴,带上被褥和锅碗瓢盆,离开了家乡,我成了异乡人。

刚毕业就有了工作,这在边远农牧区不算什么。何况漫无边际的草原上,再重要的消息也无法传得四野开花。可对我和家人来说,这却是一件大事,因为有一份工作,就可以卸下家人的操心和负担。能分配到一个小镇中学,我做梦都没想到。那个时候,十之八九的师范类学生都被分配到遥远的牧村小学去锻炼。我们是包分配的最后一批学生,之后就开始了考试上岗。

我报到之后，因没分到宿舍，和领导争吵过。学校原本有宿舍，可轮我头上就没有了。争吵也是因为当初年轻气盛，不愿逆来顺受，可吵过之后宿舍依然没有分配下来。不过也好，住在外面比住在校内自由多了。

小镇上风景优美，每隔五日便有集市。小镇还有一条河，叫冶木河，四季长流，清澈见底。冶木河是洮河西岸支流，是甘南境内洮河支流中流经县份最多、流域面积最广的一条河。小镇身居峡谷之中，四处峭岩壁立。洮河一路连滚带爬，经草原，过草地，穿峡谷，到了这里变得柔和多了。

我租的房子就在冶木河边，房主是两位老人，儿女们都在外地工作，整院房子几乎空着。东厢房两位老人住，西厢房租给了我，由我支配。西厢房共三间，一间厨房，一间卧室，还有一间依然空着。桌凳是从学校借的，但床必须买。小镇子距县城很远，我只好听取了房主老人的建议，去找那个小木匠了。

小木匠姓陈，浙江人，四十多岁，个头不高，清瘦，留有两撇小胡子。陈木匠不大说话，但活做得快，而且好。不到两天时间，就做好了一张床，不是简易的那种，而是当下流行的箱子床，下面有抽屉，有床头，还有床头柜。做好床之后，他又用剩余的木板给我做了一个擀面的案板，还用枇杷木为我溜了一根擀杖。我十分感激，于是请他吃了一顿饭。

和陈木匠原本不认识,自然谈不上交情。可过了十来天,他来找我,开门见山就说,明天给你的床喷漆。喷漆一事更不在计划内,他既然来了,就不好拒绝。很显然,喷漆他不在行,折腾了好几次,整个房间充满了油漆的味道,眼睛都睁不开,床头及床头柜上所喷之漆像钝犁划过硬地一般,行行历历在目。这一折腾,害得我有居所而不能睡卧。

于是我不得不在陈木匠家寄居几日。陈木匠真诚邀请,盛情难却,我只好跟着去了。小河村的那个小院子是他租的,院里堆满了木板。房子有五间,他全占了,一间自己住,其余放着为别人做的家具。

陈木匠邋遢,他住的那间房几乎连放脚的地方都没有。一个圆盘生铁炉子,炉面上全是煤渣。炉旁黑铁锅里捂着几个碗,茶杯沾满了暗红色茶锈。既然来了,就不能过多讲究。我认真给自己洗了茶杯,他有点不好意思,说,来这里的虽然是常客,但都不进屋,谈完价钱就走了。

和陈木匠要挤在一个炕上,我不情愿,但没办法。当然,陈木匠也没有要睡的意思,他取出了一瓶酒,拉出彻夜长谈的架势。刚刚认识,谈些啥?陈木匠喝了不到二两,话就多了起来。从老家台州一直说到小镇子,从行走江湖一直说到当下的木匠活,连摆地摊卖老鼠药的事情都没放过,可唯独没有提及家人。

中医世家的孩子，怎么就流落江湖了？从富庶的江南怎么跑到贫瘠的西北？从波澜壮阔的钱塘江为何转移到洮河支流的冶木河？陈木匠有着怎样的不为人知的人生经历呢？我一边听，一边有意提示着。陈木匠终于说起他行医的日子，不但如此，他还从地下的一个木柜里取出好多中医书。

他说他医治过好多疑难杂症的病人，因为自己没有诊所，跟随长辈学医，没上正规的医疗卫生学校，也没能取得行医资格证，看病的人都是偷偷到家来的，他只能把脉开方，然而事情还是出了，出事后坐了几年牢，交了许多罚款，之后就一穷二白了。

有证的看不好病，看好病的没有证，是有人故意告了他。他又说，虽然出事儿了，可上门求医者还是络绎不绝，但他发誓不看病了。不看病就没有收入，日子就过得潦倒，于是他便行走江湖。做木匠活也是两年前的事情，从南方到北方，他是做沙发起步的。定居小镇子，是因为在这里他找了一个相好的女人，那女人愿意照顾他和他女儿。

陈木匠似乎不大愿意说起和女人有关的事情，有点微醉的他突然唱了起来，唱的是江浙一带的民歌，我一句都听不懂。唱完之后，他就躺倒了。后半夜了，我只好在炕的另一边迷迷糊糊躺着。天亮时分去了一趟厕所，竟然没有尿出一滴尿来。之后匆忙赶到学校，早自习课上，憋着的那泡尿差点要了我的命。

2

彻底融入小镇子,大概要了一年半时间。觉着日子倒滋润,早晨从被窝里爬出来,看孩子们仰头在操场四周背书,心里也被幸福和踏实填得满满的。然而,我们活在尘世里,就免不了要面对一些繁杂的事情,无法将自己从现实中剥离出来,除了忍受,还得接受。

陈木匠和我的感情并没有大的进展,虽然在一张床、一个案板、一个撵杖之间有了交往,甚至共度了几个夜晚,但始终没有亲密起来。我和他真正熟悉起来,是一年后的事。一学期开一次家长会,我要求无论多远多忙,家长务必参加。也因为这点小小的要求,许多学生对我敬而远之。家长更是如此,因为很多学生的家长都在外打工,仅仅一次家长会,他们是不会回来的,或者在电话里给我敷衍几句,拐弯抹角说我这个人特麻烦,孩子送到学校后,不就是老师的责任吗?

陈木匠就是陈丽娟的父亲。如果不开家长会,我是无法知道的。因为陈丽娟是班上学习最好、问题最多的学生,于是我不得不和陈木匠的联系多了起来。

他的名字叫陈兵，几次交流后，他终于说起他的家庭和女儿来。

也是十几年前的事儿了，那时候他的家族在地方上声名显赫，他也是趾高气扬。也是因为家里有钱，做人行事上他有点像纨绔子弟，三瓦两舍没少去，男女之事上更是乱得一塌糊涂，唯独行医小心翼翼，最后却落得如此地步。优秀的女人看不上他，他只好找了个村里不大正经的女子，结婚不到半年，女儿出世，日子过得愈加紧张，女人怨恨不断，于是他就出门了。几年之后，当他回到老家时女人早不见了影子。那时候女儿已懂事，不大说话，也不和他亲近。于是他再次出门，直到流落于此。将女儿接过来，也是近几年的事。

我知道，陈兵隐瞒了许多细节。不过这并不重要，谁能如此完美地把握住自己的一生？谁不曾在光阴下迷失过？重要的是，如何把握好余生。就凭陈兵如此坦荡地告诉我关于他的一切，我想，至少他不是十恶不赦之徒。

陈兵说，到小镇子后，他起先给人家包沙发，后来开始做家具。租了一个小院子，也认识了许多人，大家都觉得他手艺好，因而特别照顾他的生意。这期间，他认识了一个女的。人一辈子不能孤独到老，况且女儿大了，总也不能死死守在他身边，于是他就和那个女人走在一起。女人的丈夫去世后留有一个儿子，还有几间房屋。最初还不错，可几年以后情况发生了变化。她儿子脾气犟，好几次都不让他进门。说到这里，陈兵眼眶里都溢满了泪水。又走错了一步，错了是要更正的，可是眼下的事情根本没有改正的余地。他继续说，自己的女儿偏偏跟人家母子关系好，女儿到底是不是亲生的？他断断续续说着，我听得也是身心疲惫。

后来我劝说过陈丽娟，也给陈兵做过思想工作。可是他们之间始终无法和解，像陌生人一样，根本不给对方一点原谅的机会。陈兵对陈丽娟除了呵斥，别无他言。陈丽娟对陈兵冷若冰霜，除了瞪眼，从不搭话。我不知道他们之间有着多大的误解，或是仇恨。他们之间的隔阂是言语无法解开的，我看出了这点，但没有办法。

陈丽娟在学习上很刻苦，有股不甘落后的狠劲，但她在整个班集体里显得孤独，从不和其他同学交流，也不一起活动。陈丽娟的那种孤独像是有意的，她有意将自己置于孤独之中，意欲何为？我单独开导过她，她只是点头，却不说话。

陈兵好话一句都听不进去，张口就说，她不是我生的。对于陈兵这样的说辞，我还能说些什么？

冶木河将小镇划为两半，流水清澈可人，小鱼欢快游窜，滨河路上商铺横七竖八，叫卖声和着哗哗的流水，夜以继日，生生不息。大家都忙着各自的事情，谁有闲心留意他们之间的事情呢。于是我也放弃了他和她，因为我觉得我尽到了责任,而剩下的只好留给光阴了。

3

小镇的北山像麦垛,地方人们都叫它"小麦积山",小麦积山高,很危险,谁都不愿爬到上面去。有年四月,冶木河开始暴涨,草色刚泛青,一对青年男女从小麦积山上滚了下来,滚到山下,两人还死死抱在一起。据说,他们是同学,种种原因使他们不能走在一块,他们就殉情了。后来山下住的几户人家也搬走了;再后来,小镇上发了一场大水,山上流下来的水在那儿积了一个很深很大的湖泊;再后来,那儿成了一处风景游览点。

所有的日子不会一成不变。小镇在旅游业大力开发的今天,也发生着深刻的变化。以前的小瓦房不见了,舞厅也被酒吧所替代。一种文化消亡,可能伴随着另一种文化的突起。我依然在小镇上出没,精心打理着自己的生活。

活着是最幸福的,我们在幸福中不知不觉就学会了放弃和贪婪。没有人再从小麦积山上滚下来,小镇上的青年们个个爱得很自由。然而让我十分恼怒的事情还是发生了,陈兵的女儿陈丽娟就在四月来临的时候不见了。

陈兵耷拉着脑袋,六神无主,坐在门槛上只是抽烟。这

这里渐渐成了旅游区

件事情没有征兆,也不在预料之中,但已经成了事实——陈丽娟跟杓哇土族乡的一个小伙子私奔了,那年陈丽娟读初三。为打听到确切的消息,我费了很大劲。据说陈丽娟和那个小伙子相识已经很久了,我没有发觉,因为她在学校的表现很好,没有任何谈恋爱的痕迹。陈兵更不会发觉,陈丽娟一直住在另一个院子里,他们虽然是父女,然而从来就没有亲人间的那种牵念,他们之间除了血缘和供养,似乎找不到任何关系了。

杓哇土族乡属于洮河北岸区,和康多乡紧紧相连,其管辖区内地势复杂,沟壑纵横,峡谷峻峭,草原、森林、谷地相互交织。和陈兵到杓哇土族乡大庄的时候,日头已过晌午。大庄实际不大,庄门前便是河,屋后却是雄伟高山。河是洮河支流,山是白石山。大庄由河养育着,由山守护着,显得极为安详。河的四周是高山,树木丛生,百鸟齐鸣。林深水清,草嫩土肥。大庄像个不谙世事的孩子,听水流跌宕,与蜂蝶言欢;听百鸟合唱,和雨露共眠。可我们都不是闲人,哪有赏景听音的心思。打听到那户人家后,我和陈兵小心地叩开门。屋里只有一个老太太,房舍也很陈旧。老太太给我们倒了水,不说话。问起家人,只是摇头。陈兵有点急躁,声音大了起来。我强拉他出了院门,在门口的一块大石头上坐下来。其实出发前,我已经猜到了这样的结果。陈丽娟决心

白石山比村子雄伟而高大

跟人私奔，除了年幼无知，我想也和陈兵这么多年来的四下奔跑有关。他自私而不负责任，从一个地方到另一个地方，哪里照顾过孩子。他长期以来怀疑陈丽娟不是他亲生的，孩子长那么大，他们在一起的日子都能数得过来，何谈情感？事到如今，陈兵却又显得难过而颓废，然而陈丽娟心里的秘密谁能知晓。

不用劝说，生活中那么多不尽如人意的事情时刻发生着，劝说只会带来更多伤感。伤感多了，日子就布满了灰暗。想当年，陈兵如果不胡作非为，他何尝不会拥有一个完美幸福的家庭呢？

抽完了半包烟，我们离开了大庄。山路崎岖蜿蜒，杂草丛生。走出庄门，几分钟就步入康多峡谷。峡口处有人挖虫草，他贴地而行，在百草杂生的山坡上寻找那一根褐色的细而尖的虫草秧子。我们也歇息下来，没话找话。他有一句没一句附和着，眼睛未曾离开地皮。

这么多药材没人采，可惜了。陈兵突然从颓废中振作起来，指着地面上很多花草对我说。他眼里的悲伤不见了，换之而来的是难以自制的狂喜。陈兵抓起一把叶子尖而长、呈五瓣形向四周散开、仿佛鸡爪又好似孩子小手一般的一种植物，喃喃自语：可以利尿清毒，也可以止血，要炮制，不可以直接入药……

陈兵突然的举动使挖虫草的那人惊讶,他转过头说,你们是医生?我摇了摇头。陈兵却说,是医生,但现在不是了。那人说,是医生的话请到我家走一趟,不会让你们吃亏的。陈兵苦笑了一下,说,等我医好自己,再去你家。那人动了下嘴唇,不再搭理我们。陈兵只几句话,却触动了我的心。那些年月里,他的故事应该充满了传奇。经常在三瓦两舍出没,沉迷于风花雪月之中,过早耗尽了自己的精神和思想,使自己颓废,让家庭破败,而后流落他乡。有果必有因,一切都是咎由自取。但我再次想起了陈兵的坦诚。他真是十恶不赦之徒吗?我在心里寻找着可以理解他的理由。然而我想,倘若真有理由,也会在现实面前变得毫无意义。

挖虫草的那个人告诉我们,和陈丽娟相好的那个小伙子一直在兰州打工,几乎不回家,也不顾家人,坑蒙拐骗,就差杀人了,村里人都怕,都不敢招惹。陈丽娟怎么就看上他了?他和当年的陈兵有着惊人的相似,这一切难道真是对陈兵的惩罚吗?

从大庄回来,我们各安天命。于我而言,算是对家长有一个交代。我不知道陈兵经历了怎样的痛,或是麻木之后的无所谓。冶木河并没有为此而停止流动,时光一寸寸流逝,也不会随某个人的意愿而倒流。

农历四月,温润的气息又扑面而来。可小镇子留给我的那种最初的美好已经发生了变化。小镇子不再是我的"人间四月天"。

4

查过许多中医药剂学方面的书,却始终没有找到陈兵在康多峡口发现的那种药,也找不到与之符合的类似植物。有天中午,我突然感到头晕,然后流鼻血——生病了。小镇子上有个赤脚大夫,名气很大,他为我开了三剂中药。借此机会,我认真描述了陈兵为之感叹的植物。倒天药?大夫说,倒天药可以利尿清毒,也可以止血,山坡上到处都有,它开淡黄色的酷似小喇叭一样的花,成熟后会结玉米一般的果实,本地人都叫它"倒天药"。赤脚大夫看来也露底了,否则怎么会不知道它的名字?不过还好,三剂中药吃完后,头晕之症再也没有犯过。

一日闲着串门,我看别人窗台上放着一盆花,还以为是啥名贵品种。朋友告诉我说,它就是随处可见的倒天药。于是,我立马去不远的树林找。倒天药生命力很强,尽管我拔断了许多根须,但它还是不折不挠地活了下来。我把它们放在窗台上甚至忘了浇水,但它依然活得旺盛而强大,它的茎秆笔直肥壮,像大黄的茎,又仿佛茛菪的枝。有一天我突然发现它们蔫了，失去了往昔的活气，而我又意外发现了一粒玉米似的果实，它们像一个个小棒槌倒垂在蔫了的叶片周围。到时候了，短短一春，它就完成了生命的涅槃，根本等不到金秋，它与金秋的喧闹无缘。是呀，有些花生命期很长，可偏偏不结果；而有些花偏偏在一瞬间就走完辉煌一生，却留下了果实，且能救人于无常。然而这些和陈兵是扯不上任何关系的，我不止一次去找他，他都不在，那个小小院门上的锁子都生锈了。陈丽娟一直没有回来，一学期结束后，我依旧没有听到过关于她的任何消息。

没有任何防备，冬天就来了，雪也来了。雪没有任何偏私，一夜之间让小镇失去往日的傲气，显得臃肿而娇气。往往在这个时候，我走在路上，不知不觉就会迷失方向。

窗外一棵柳树上早早就落了一只麻雀，它纤细的爪子紧紧扣住枝条，就在我推开窗户的瞬间，它飞远了。柳条随之轻轻晃动了一下，一片雪从高处悠然自落，没有任何声响就和地面上的雪搭成一片。我痛恨自己举动如此粗暴，而惊走了一个可爱的朋友。突然之间，我感到无言的孤独和失落。突然之间，我又想起了陈兵，想起了陈丽娟。

陈丽娟走了之后，陈兵也消失了。我去陈兵后来找的女人那儿打问，女人很凶，一提陈兵和陈丽娟，就破口大骂。陈兵到底是怎样的一个人？左邻右舍和前来找他做家具的人

冬雪里的村子

都说他随和大气，怎么到女人这儿他的好名声就有了如此大的折扣？女人家不痛骂几句，就显得太过善良了。女人骂完之后就哭了，哭完之后便给我告状，说陈兵根本不是人，是个畜生。女人说到伤心处，牙齿咬得咯咯响。

从女人的话语里，我听到的陈兵和我所认识的陈兵判若两人，我无法做出判断。女人满带哀怨，流泪不止。女人恨陈兵，也恨自己的命苦。女人哽咽着，断断续续诉说。陈兵来的时候一穷二白，是她收留了他，也收留了陈丽娟。陈兵说要和她好好过日子的，他们也商议过，让两个孩子好好读书，如果真有那一天，就让两个孩子结婚，那样也算有个囫囵的家了，骨头断了，还有筋连着。可是陈兵最近几年变化很大，听别人说，他经常借买东西去临洮找小姐。这样的男人能靠得住？陈丽娟不声不响就跟人走了，这根本就不是一个孩子能做出的事儿。不过有那样的父亲，孩子能好到哪儿去？陈兵骗她无所谓，孩子跟人跑了，他怎么不去找？难道不是他生的？就算不是他生的，养活了十几年，也应该和亲生的一样吧？他有本事带个小姐过来，和小姐一起过日子呀……

女人说起来没完没了，但我想，陈兵也不至于她所说的那样。

真有点想念陈兵了，可是他在哪儿呢？

活着，是需要有自信的

陈兵一直没有出现,他不接我的电话已经有大半年时间了。我期盼陈兵早点回到冶木河畔,像最初相识的时候一样,在那个小院子的土炕上,慢慢悠悠诉说彼此的过去和未来。

寒夜悠长,雪狂飘。风经过小镇,它来告诉我一个永恒的道理,那就是人活着的艰难。活着艰难,但不能缺乏自信。我想,陈兵这么多年来东奔西走,他活着,也是有自信的。然而,陈兵一直没有回来。

5

我已经彻底遗忘了他们。冬去春来,雨雪交换,就这样,光阴又流逝了好几年。小镇子变化很明显,许多瓦房都拆了,冶木河上也架起了宽阔的大桥,桥对面的广场也开始修建,机器的轰鸣日夜不停,小镇子在大肆开发旅游业的当下,也赶上了热火朝天的建设。

小镇子上的人流突然增加了,五日一逢集,各种本地货与外来货堆满了狭窄的路面。每年的这个时候,也是我们最艰难的时候,部分学生在外借宿,上晚自习前,我们要从人流密集的地方寻找他们。晚自习一下,却要赶羊一般将他们送回所住之地。不是不放心我们的学生,而是这片土地上突然冒出那么多人,人心不古呀。何况陈丽娟出走之后,校方对类似的现象在管理上升级了不止一层，都怕担责任，谁敢大大咧咧呀。

洮河沿岸民风淳朴，各民族杂居，他们在光阴的淘洗下已经不分你我。由于受到地缘关系的影响，生活在洮河沿岸的人民很传统，也很保守。然而洮河北岸流域的小镇子却不同，迪斯科风靡祖国大江南北的时候，小镇子并没有落后，这片土地上的人们白天劳作，晚上就在舞厅里尽情释放。所谓舞厅，并不是灯红酒绿之场所，甚至连彩灯都没有。院子里，或是腾出一间房屋，四周摆上长条椅和桌子，中间的空地就是舞厅，就可以狂野地扭动身体了。

这样的舞厅里，我曾出没过好多次，也曾喝得昏天暗地，还挨过打。舞厅打架一般与喝酒有关，而在小镇子上，打架往往和女人分不开。依稀记得，最初是同事拉我去的，他们跳舞我喝酒，毕竟都是年轻人，既有贼胆也有虎心，一边抱着自己媳妇跳，一边伸手摸别人媳妇屁股。打架也是打得昏天黑地，让别人打的同时，还让自己媳妇提着切刀一街两巷追着跑。那次不但同事挨打了，我们同去的几个也跟着挨打了。同事的媳妇扬言要砍掉他那个玩意儿，害得他好几天不敢回家，也害得我们不敢路过他家门口。几年过后，那件事已成大家的谈资，一说起来便笑得前俯后仰。毕竟年轻呀，年轻的岁月往往易于迷失。冶木河日夜流淌，它并没有归还我们曾经迷失过的那些美好岁月。

小镇子日益变化着,那些让人值得怀念的故事一直留在心底,可它们在光阴下并没有指导我们砥砺前行。怀念那样的舞厅和有贼胆有虎心的岁月的时候,舞厅已经消失好几年了。古旧的小镇子也变成了现代气息浓郁的风景区,舞厅没有了,酒吧却多了起来。酒吧替代了舞厅,也将往昔的狂野幻化为文明的谈天说地,甚至我们无从知晓的阴谋。

我没有任何防备,突然就接到陈兵的电话。久违了,那个迷失在光阴里的、曾出入在三瓦两舍、似纨绔子弟一样的中年大哥。电话里陈兵很兴奋,说他开了酒吧,让我一定过来。差不多有三年时间没见他,他真的由小木匠变成了大老板了,甚至说话的语气都不一样。陈兵的酒吧刚开业,人并不多,酒吧装潢得极为奢华。我有点担心,小镇子就那些人,附近村子的人不可能天天来消费。然而我的担心是多余的,不到半年时间,陈兵的酒吧几乎吞并了小镇子所有的酒吧。可惜我去得很少,也是我有意要和他拉开距离。

陈兵是有野心的,也是有自信的,他曾专门来找我说想开个洗脚店,想把生意做大,想真正成为小镇子上的大老板。我明白他的意思,然而生意上的事情我能知道多少?那天除了生意上的话题,我也问起了关于陈丽娟的事。陈兵突然就变得沧桑起来,他说,人一生的道路是自己选的,至于她将来的日子怎么样我不管，反正我尽心了。真的尽心了吗？碍于面子，我没有直接说他。陈兵接着又说，母亲去世了，办完后事，就去寻找她。人是找到了，可人家不认我，也是这辈子欠人家的。陈兵说到了欠，但我不知道他归还了多少。至于他在小镇子上找的那个女人，更是闭口不提。

经过几场透雨的洗涤，喝饱了水、攒足了劲的花草树木显得格外精神。河边的柳树长出一尺多长的嫩条，它们在微风的鼓动下舞动着婀娜的身姿，尽情释放着少女般的妩媚与柔情。田野里豆子扬花，麦子灌浆，青稞泛黄，洋芋扯蔓，平日里的裸露和荒芜已经深深隐藏起来。这么好的时光里，我就要离开小镇子了。在我将要喜欢这个地方，并且准备彻底在这里安放余生的时候，我的工作有了变化。陈兵为我饯行，我看得出他有点伤感，但我猜不到他伤感的原因。那天陈兵又喝醉了，说了许多话，之后他就开始唱歌，鬼哭狼嚎的，但他依然没有提及陈丽娟，也没有提及小镇子上的那个女人，我的心里多少有点失望。

离开陈兵的酒吧已经是半夜了，那个夜晚很清静，路上没有行人，只有路灯孤零零地发出暗淡的光。若明若暗的光亮中，我彻底迷失了。小镇子的街道变得纵横交错起来，好像和我想象的那个城市交织起来。那是一个不大的城市，但它向我敞开。令人迷茫而误入歧途的想象，此刻为即将离开的我勾画出了复杂变幻的图景,这样的图景中,我怎么能保证自己不会迷失?许多诱人的、在光阴下不断迷失的道路,其实就是源于选择走一条从未走过的路,我们尝试着,让它来缩短复杂的过程。但是,从此以后,我们就真的在光阴下迷失了。唯其不能忘怀的是,那夜微风吹拂着,天空里的月亮有点模糊,却比素日大了两三倍。

6

后来去过好多次小镇子,但一直没有和陈兵联系过。我离开不久,陈兵果真开了洗脚店。一边开酒吧,一边经营洗脚店,他的精力毕竟是有限的,不到一年时间,酒吧就关门了。我听到这个消息并不吃惊,生意场上起起落落不也正常吗?然而事实并不是这样,一个老同事告诉我说,陈兵不是安分守己做生意的人,他劝我少和他交往。

我说,一个人经营两个店,做生意最忌讳不能亲自管理。

不是那样的。同事说,根本原因还是他不务正业。

他不是有个媳妇吗?我又说。

何年何月的事呀,他们早散了。同事笑着说,你竟然和那样的人交朋友。同事言下之意说我也不是什么好人了。一生这么长,哪个人不犯错呢?我一直寻找可以理解和原谅陈兵的理由，究竟为了什么？我和他是不是朋友？是什么一直纠缠在我们中间呢？如果刻意地去找理由，那应该就是陈丽娟了。那个不爱说话、学习特好的姑娘是我的学生，是陈兵的女儿。

酒吧被迫关门，并不是生意到了关门的地步，而是陈兵诱人前来酒吧赌博。同事说到这里，我吃了一惊，也突然想起他为我饯行的那个夜晚。他说过，以后会有许多事情需要我帮忙。难道那时候他已经预谋好了？我能帮什么？虽然不当老师了，可我的社会资源依然那么单一，能帮他做些什么？其间他可能联系过我，也可能骂过我，咒过我。这些都不重要了，庆幸的是，离开不久，因为各种原因我换了电话号码，他再也没有找到过我。

陈兵给我来电话，他在电话里所言之事的确让我震惊。我厌恶他做人的不诚实，厌恶他在不该打扰我的事情上打扰我。我也痛恨给他我的电话号码的那个人。

小镇子在旅游不断开发的推动下，有了翻天覆地的变化，也具有了旅游景点应该具有的设施。陈兵的确很聪明，这一点不可否认，可惜的是他浪费了才智，他想到的所谓弥补小镇子的精神旅游，实际上破坏了小镇子的声誉，也让自己彻底走向阳光的阴面去了。不遗余力去理解他，甚至连那么一点点好感都破碎得无从捡拾了。尽管如此，我还是给朋友打了电话,有意无意地点了几句,至于后来的事情我没有问过,陈兵也没有来电话。

　　酒吧被迫关门后,陈兵的心思并没有落实在经营洗脚店上。或者说,洗脚店只是一个幌子,他藏在幌子背后,背后的他就是组织卖淫活动的老板。洗脚店被查封了,并且罚款很重。陈兵想方设法找到我的电话,电话里他欲言又止,最终还是说了,且指名道姓说出我朋友的名字,希望能帮个忙。我非常粗俗地骂了陈兵几句,将他的电话号码拉进了黑名单。

　　又一次来到小镇子,已经是我离开学校的第八个年头。小镇子已经跻身国家级风景旅游区好多年了。相比刚刚开发的时候,小镇子反而少了人气。我在广场上闲转,没有碰到一个熟人。河岸边的杨柳密密匝匝,河风依然很大。站在冶木河边,心里有点儿空,也有点虚,说不出的复杂与怀恋,大概源自那些年在这里虚度了不少光阴,也迷失过自我。带过两届学生,他们早都成家立业了。我带着沿洮河行走的愉快心情,然而到了洮河北岸区的小镇子,愉快的心情一下变得沉重起来。那些年的确是荒废过,荒废自己的同时,也带给了那两届学生不少的迷茫和失望。

　　好几年了,商场一直在修建中。我记起那些年经常在那里买菜,理发,买衣服。也在那里搬个凳子嗑瓜子聊天,打牌,吃饭。我再次走进去,商场已经不见了往昔的模样,路面上坑很大，几乎不能顺畅地行走。那个犄角旮旯处的理发店换了主人，换之而来的是一家十分土气的童装店。一个不到三十的女人坐在店门口，她神情黯然，皮肤黝黑，满脸沧桑，似乎和这个世界格格不入。但我一眼就认出了她——陈丽娟。在她对面，我注视了很久，却没有勇气走过去。当然，她早就认不出我来了。

是陈丽娟没有错，从布满泥泞的商场走出来，我打问了别人，说她就是当年陈木匠的女儿，陈木匠好多年没有露面，她一个人开个小铺子，也已经有几年时间了……

陈兵，我再次想起他。谁不曾在光阴里迷失过？但这次我再也找不到可以理解和原谅他的理由了。我知道，陈兵最后一次找到我，在电话里说出那件事也是抱了很大的希望。我不知道，在陈兵心目中，我是不是在光阴下迷失的另一个他？

谁不曾在光阴下迷失过？时隔这么多年，在冶木河畔再次见到陈丽娟，看到她那般模样，我再次给自己戴上了心灵枷锁，这样的枷锁恐怕余生很难打开了。陈兵在哪儿呢？我们之间到底算不算朋友？但肯定的是，陈丽娟是他女儿，我是陈丽娟当年的班主任。似乎也只有这一点，我和陈兵才可以隐约拉上那么点关系。

很想再次去商场，去看望下陈丽娟，甚至打问下有关陈兵的消息,但我没有去。于我而言,能做的大概只有祈祷——愿他们在漫长光阴下,好好过完余生。

2019.6　通钦街

2020.6　刀告村

2021.6　当周街

洮河石花鱼

1

县城广播站整整广播了一周，没有不知道胡广义名字的人。那时候虽然小，但还是当着面嘀咕了一句——脑子有问题。

那时多大？小学刚毕业吧？我又问，后来呢？

已经小学毕业了。当然是挨了几个耳光。胡海生笑着说。

十几年后，那件事情还被人们传说着，从单一的夸赞渐渐演绎成各种不同的戏说。我想，问题出在价值观的不同上，与脑子扯不上啥关系。

县城北口那条巷道一直通往农贸市场，脏乱差集中在那里。巷道的尽头却有一家茶屋，也只有那样的茶屋，才能说些实话。这年月说实话听实话或多或少都是要破费的，就那个局促而破败的茶屋，茶水依然贵得要命。

就在那个局促而破败的茶屋里，胡海生说着他父亲胡广义的往事。我半信半疑，但还是深陷其中了。

2018年10月，胡广义刚八十八岁，他二十岁就在洮河林业局当护林员，因村民偷砍树木严重，他们需要昼夜蹲守，吃了不少苦。再后来国家禁止砍伐，许多护林员都失业了。胡广义失业后就回了乡村老家，结婚生子，开始了漫长的余生。他有两个儿子——胡潮生、胡海生，都四十有余，安贫乐道。两个女儿——胡岸生、胡水生，都远嫁南疆。失业之后胡广义赋闲在家，一直到20世纪80年代初。那时候胡潮生已上初中，他的一腔热血就是上学路上看民兵训练给激发出来的，初中一毕业，他就不愿继续读书了。

胡潮生想去当兵，但因为他个头太小，兵没当成，在外混了几年，之后又回来了。于是胡广义找当年林场的老领导帮忙，让胡潮生在距离村子十里之外的水库去看守水库。水库上的工作庞杂，看水库，收水费，也修水管道，还协同县水利部门搞建设。都是为人民服务，胡广义觉得特不错，可胡潮生不大喜欢那份职业。与劳苦无关，主要是工资太低。当然，在胡广义严厉的目光之下，胡潮生只好硬着头皮干，一晃就是二十几年光阴。

胡海生讲故事的能力我很佩服，掏钱不仅仅为两杯茶水，

洮河边的村庄

故事里有故事，也算值了。我想。

村子就在洮河岸边，洮河绕村子蜿蜒而过，给村子增添了不少景致。可那年月雨水多，涝灾也多。洮河将两岸的田地一寸一寸吃了进去，同时，也吃掉了村里不少牛羊，洮河在大家眼里不再是一道风景线，而是苦不堪言的隐患。还好，县里想了许多办法，最后在村子附近修了电站，将洮河水引到山洞里去了。于是绕村而过的洮河只留下一线供牛羊喝水的小溪，除此之外，整个河床全是圆滑的洮河石，它们和村子一样，静静躺在时光里，显得十分无聊而毫无生机。

胡广义回到村子后并没有种田，而是看上了村头的那汪水池。洮河里有鱼，但大多都是狗鱼和鲤鱼。再说捞鱼费时费力，垂钓或网捕，或冬季砸冰捕捞，收益不大，而且危险，谁都不愿意干。胡广义花了半月时间，将村头的那汪供牛羊喝水的水池改成"井"字形水渠，死水就成了活水，活水就可以养鱼，鱼是十分稀少而珍贵的石花鱼。石花鱼常在高原宽谷河流中出没，刺少肉嫩，鲜香滑嫩，上口柔糯，余味浓香，属洮河鱼中最为金贵的。一时间鱼塘四周围满了观看的群众，然而却没人买。但事情还是有转机，县城有人来买，再后来，买鱼的人越来越多，胡广义由亏本渐渐转为盈利，脸上也露出了笑容。

胡潮生在水库的日子一点都不快乐，他每天面对漂浮着泡沫的十几柜子死水，觉得人生无趣，活着也没有多大激情了。有年冬天，胡潮生看上了村里一个女子，相好一段时间后，便谈婚论嫁。胡潮生对那个女子说，人是离不开水的，但我恨水，可我的一生偏要对着这些死水柜。水库后院有空地，可以种菜，可以养鸡，空了给我生几个小水龟，这里就热闹了。那女子笑着说，那你甘心一辈子当王八头子吗？

胡海生又杜撰故事了，我想。胡潮生的那些事他怎么会知道呢？但有关胡广义名誉一事，我信。胡海生也说，那时候的人都傻。

胡潮生要结婚了，胡广义去县城的次数多了起来。毕竟是家里的大事，作为父亲，他当然要全力以赴。

有一次，胡广义去县城的路上捡到一个军绿色帆布包，包里是黑油布包裹的一个小包。他见路上没人，就拆开了黑油布，里面是一沓钱。胡广义说，他当时紧张得心都快跳到地上了，大路不敢走，就想凫过洮河，沿羊道去县城。就在他准备扔掉帆布包凫洮河走羊道的时候，一个中年人着急忙慌跑来，啥都没说，到他跟前跪了下来。那人带着哭腔，说帆布包是他的，里面的3000元，是给儿子娶媳妇用的。胡广义半信半疑，但帆布包的确在他手里。3000元真不是小数目，要卖掉多少石花鱼才能赚来？如果不还，那人也不能把他怎么样，毕竟不是偷的，也不是抢的。但他没想到那人哭了，眼泪掉在地上都能砸出坑来。胡广义啥都没说，将帆布包和钱还给了他。一个大老爷们，真哭是多么不容易的一件事儿。

胡广义回家后说起捡钱的事情，胡海生就嘀咕了一句，却换来了几个耳光。

胡海生那年高二，倒也没想太多。胡潮生却说，3000元呀，蹾在水边养啥鱼呢。胡潮生反感水，长此以往，水淹没了他的生活激情，也淹没了他心底的善良。但他还是帮胡广义说话，同时还说，那钱归还得不明不白。对此胡潮生和胡海生商量了一个好办法，之后就去了县城。

县城很小，当找一个人的时候却显得非常大。那人在农贸市场收羊皮，找到之后，他们直接说明了来意。几天之后，胡广义就出名了。县城的电线杆上贴满了胡广义拾金不昧的消息，内容是胡海生写的，他用尽了所学的一切修辞，无限夸赞，将胡广义标榜成全县人民学习的楷模。不但如此，县城广播站还连续广播了几天。

消息很快就传到了胡广义耳中，他怒骂那人不地道，并且去县城找他。晚饭时分，胡广义回到家，二话没说，先抽了胡潮生几个耳光，然后将胡海生三两脚踢翻在地。

事后很长一段时间，胡广义才说，这辈子最羞人的事情就是找人要名誉。批评只三言两语，但对他们而言，其深刻程度至今都未曾有过。

是的,那件事听起来有点可笑,甚至荒唐,然而荒唐的事情却在日常生活中时刻发生。胡海生后来说到了许多有关他家的事,倘若将一切视为生活中荒唐的故事去听,那他的这个引子真有点长了。

2

和胡海生的约会渐渐多了起来,无形之中我们给那家局促而破败的茶屋做了不少贡献。都有表达的欲望,而又千头万绪。于是,我们便将故事倒退到二十年前。

胡海生大学毕业后,终于有了一份稳定的工作。胡广义也不再养石花鱼了,以前的水渠夷为平地,成了村人打碾粮食的大场,村子也由一个组分成了两个组。一家人分三处居住,沿不同的方向奋斗,但都会回到村里古老陈旧的院子里来。胡潮生不再那么恨水了,他意识到他的一生注定要靠水生存。或者说,那份职业已经使他麻木了,使他放弃了别的追求而按部就班地守水库。更多的原因是,孩子们大了,他已经没有了折腾的那份虎狼之心。

胡海生在县城买房,是为了让孩子接受更好的教育。房子的事情费了很大的周折,不过话说回来,普天之下,哪个农村的孩子不是这样过来的呢?

房子有了，孩子上学方便，自然也需要有人看管，于是胡广义和他老伴儿随胡海生一家搬到县城去住。胡海生往返于城乡之间，胡潮生往返于沟底与山梁，最初的怨天尤人也变成了死心塌地，理想彻底被生活所收买，然而这样的光景没过十年，新的问题又悄然来临。

胡海生没有丝毫保留，也没有表现出难言之隐，但他的表情却很复杂。是喜是忧？难以看清。五味杂陈原本就是生活的真实面目。

孩子们白天去上学，家里就一对老人大眼瞪小眼，瞪来瞪去却瞪出麻烦来了。楼下是商铺，是复杂多样的道路。他们不愿出门，是因为怕找不到家，更怕出门找不到厕所，一泡尿憋得面红耳赤，之后便是怨怒和咒骂。膝下有儿有女，可他们都身在江湖，无法给予老人天伦之乐。邻里陌生，人情单薄，大家只能在相对封闭且热闹非凡的狭小空间里生活。这样的生活，却让进城的老人们变得十分孤独。胡广义也没想到，一进城，那种闲坐鱼塘的日子已经成了奢求，守护山林的岁月更是遥远的回忆，挖淤泥广积肥的光阴也成了传说。

胡广义决意要回乡下老家。这个要求看起来并不复杂，而实际上是个十分复杂的问题。从农村走出来不容易，再次返回农村却是难上加难。胡海生对此有这样的理解，他说，叶落归根不是彻底回归，而是希望回归到曾经的美好回忆中，是一种愿望罢了。

胡海生搬到县城不久，胡潮生也在县城买了房，一家人算是进城了，可一进城，少了欢乐多了忧愁。其实胡潮生在胡广义没有提出返乡的时候，就有了想法。一有空他就跑到老家，想把老院子收拾起来，让两位老人有落脚之处。只要祖坟还在村里，亲戚与家族还在村里，人情世故就不可避免，老院子就不能完全丢弃。可是老院子因年久失修，院子里长满杂草不说，难办的是因裂缝中灌水而地基下沉，仅靠收拾已经无济于事了。老院子依山而建，处山体滑坡地段，交通也不便利，要重建，重建就需重选地方。

村里老院子倒塌是2018年8月的事情。胡潮生不得不和胡海生商议，就算不重建，倒塌的老院子总不能置之不理。商议期间，胡潮生说出了埋在他心底的许多不愉快。

胡潮生在水库上班，但自己村子里没有自来水，村里人总是看不起他。至于拉自来水一事，胡潮生也是爱莫能助。他一个普通工人，哪有权力。可村里人不那么认为，总以为他们一家搬走了，就故意使坏。这件事情看起来和重建老院子无关，实际上却有千丝万缕的牵连。重建老院子要申请宅基地，要通过村委会，然后由村委会上报政府审批。胡潮生想直接到乡政府申请，可他又打消了这个念头。几年前他去乡政府收水费，一位领导说，免了水费，给你们家办两个低

老人的心愿就是要落叶归根

保。这是多么大的诱惑呀，可他没答应，也不敢答应。谁承想因为宅基地的事情又要去求人家，却如何开口？

胡潮生在水库上班，各种惠民政策都享受不到。一个月3000多块，一家四口人生活，日子过得真是紧紧巴巴。在危房改造、新农村建设、整村推进工程及扶贫等项目的落实下，大家都搬进了新房，他只能眼红。老院子倒塌之后，胡潮生给村委会汇报过，也递交过相关申请材料，就是没有下文。

胡海生并不知道事情这么复杂，更不知道胡潮生已经做过这么多努力。任何事情过于强求，就会适得其反。胡海生说，当他每次回家看到胡潮生一脸沮丧，大声吼骂孩子的异常举动时，内心就有说不出的悲凉。他知道，有些事仅凭努力会让人陷入更多的哀怨之中，不但不能解决问题，反而使人伤心欲绝。

胡广义的一个朴素的愿望，让胡潮生和胡海生在无尽复杂的人事关系中东奔西跑。除了人事关系，最主要的还有重建所需要的一大笔资金。忠孝两难全，作为子女，对此不管不问却也有失做人本分。

我问胡海生关于乡下老家的情况，他沉默了一阵，然后说，都是面子上的兴旺，所修新房十之八九空着，大多老人都在县城带孩子。

修了新房，等老人们走后房屋怎么办？

胡海生无奈地说，等着腐烂，倒塌。

卖不出去？

没人要，都想着进城呢。

那为什么要修？

老人没了，总不能在大场里搭个帐篷吧。

是呀，我们一边进城，一边又返乡，没有彻底进城，也做不到彻底遗忘农村，问题就复杂了。一把老骨头要埋进所生之地，是对故土的依恋，是心理文化的作用，难以改变。

宅基地有那么难申请？我又问。

情况不同往昔，因为家里人都有工作，既不属农村户口，也沾不上扶贫对象，尴尬得很。胡海生说着，便长长叹息了一声。我听得出，那一声叹息的确货真价实。

3

还是那个局促而破败的茶屋。老板以为我们在密谋什么，时不时过来添茶，殷勤了许多。这种地方想有回头客确实不易，因而老板显出热情的一面也不足为怪。我们要了两杯茶，一盘干果，两包烟。

村里换届，老书记退了下来。乡政府领导班子也有很大的调整，驻村干部是我同学。胡海生喝了一口茶，没咽下去便吐出来，吐得满桌都是——×他妈，烫死了。一向文明的胡海生冒出粗言，听起来很怪。

我大笑起来，说，慢点喝，别像牛一样。

胡海生白了我一眼，说，以往没有这么烫。

我说，以往都顾说话了。

胡海生也笑了。

我们坐着，抽烟，喝茶，吃干果。也是难得，自从来这个茶屋就没有如此悠闲过。

聊聊女人吧，据说女人是个奇怪的动物。

聊啥都不感兴趣，不是怨言，实际上早就让生活折腾阳痿了。

我笑着说，那种药片有用。

心理坍塌了，啥药都不管用。没有想法毫无心思的时候，任何女人的身体都是冰凉的。

我又说，你试过？

胡海生瞪了我一眼，然后美美地吸了一口烟，说，不谈女人，身边的事比女人有趣多了。

我没说什么，双手捧住茶杯，静静听他诉说。

村里拉自来水了，是件好事。其实村子里七八年前就埋了水管，是老书记张罗的，每家每户收了钱。可不知道是啥原因，水一直没通，钱也不见了。后来听老书记说，钱在修建新农村的时候填补到工程中去了。新农村建设是国家一竿子插到底的惠民工程，怎么可能？奇怪的是，村子里谁也没有提及拉水自筹的那些钱。以脱贫项目解决了村民的饮水问题，胡潮生却累坏了，前后一个多月，他起早贪黑，不敢有丝毫马虎。事后，胡潮生总是摇头叹息，说，村里真是很难回去了。拉水期间，就有人告他的状，也有人故意找碴想打他。那段时间，他的衣服就没有干过。因为只有这一次表现机会，虽然全家人离开了村子，但毕竟是村里人，如果不跑到一线，就会落下千古骂名。他努力了，然而心却凉了。管道按原计划缺了好几百米，他是敢怒不敢言。如果是十几年前，他不是这样，也绝不允许有人那样做。这么多年来，他面对冰冷的水柜，顶风冒雨踏遍家乡的山梁与深沟，他的脾气早成了柔软的溪水——遇石拐弯，遇坎绕行。

村子通水后，胡潮生特意请了村委会新一届领导和驻村干部，吃饭期间，胡潮生说了难处，不是非要回村里，而是老人要叶落归根。大家一致答应，说宅基地的问题会尽快解决。

是不是落实了？不应该来这里，找个气派的地方是对的。我说。

已经五十多天了，没有下文。胡海生接着说，不知道行不行，还没有行动。

啥情况？我问他。

洮河石花鱼。他说。

于是胡海生又将时间退回到几十年前。

胡广义失业回家后,就养洮河石花鱼。事实上石花鱼生长非常缓慢,极为难养,他养石花鱼并不纯粹为钱,主要是想拥有自己的一片天地。只有拥有自己的一片天地,他内心的种种不平衡才会慢慢消散。

胡广义曾说过,养鱼那段时间和村里一个小伙成了忘年交,那小伙为人机灵,也靠得住。村里人没见过石花鱼,更没吃过。洮河里不缺鱼,但都是狗鱼,不好吃。石花鱼游荡在水中,黄褐色与灰褐色相间,尾鳍又呈浅红色,还均布有小斑点,何其名贵呀。那小伙大多时间都在鱼塘帮着喂鱼,有呛死的鱼,他也会给他两条。小伙家里人不会做石花鱼,带回去就煮了吃,其味不如狗鱼。后来他专门捞了几条石花鱼,带小伙去了县城,找了最好的饭馆,掏钱让厨师分别做了麻辣石花鱼、清蒸石花鱼、葱香石花鱼、炭烤石花鱼。小伙吃得满头大汗,连声说,能吃这样的鱼,这辈子算是没有白活。后来那小伙果真出息了,村里人也特佩服他。再后来,大家选举他当村委会书记。小伙当书记后,给村里办过许多实事,大江南北也跑遍了。他没有忘记胡广义带他吃的石花鱼,各种不同做法的石花鱼曾经是他炫耀的话题。只是可惜,胡广义后来不养石花鱼了,他内心那片小而广阔的天地被自己关闭起来，鱼塘也随之废弃，再次变成村人公用的一片土地。

胡海生说着就悲从心来，我不大清楚其中关联，也不便多问。胡海生接着说，那块地是公用地，谁也拿不了主意，可胡广义偏偏看上那块地。那块地当年在村子边缘，现在却成了村子的中心，交通方便，地皮平整，觊觎的人很多。还有最麻烦的是，村子分成两组后，他们是一组，而那块地的使用权属于二组，中间隔着几十户人家。

我明白了，宅基地不是棘手的问题，他们想在当年的鱼塘之地上修房子，这才是棘手的问题。在当年的鱼塘之地上修房成了胡广义的心愿，然而，这个心愿对他们来说，要想实现真和摘月亮一般难。

4

好久没去那个茶屋了，我的心里有些空落。胡海生没有联系我，我也联系不上他。多次路过那个局促而破败的茶屋时，我忍不住要抬头望一望。还真有点怀念，甚至有跑上去坐坐的想法。

县城北口的巷道里，那个茶屋是最容易让人遗忘的地方。可我们都喜欢，花钱说话，整个县城真找不到如此安全的第二家。我曾一个人去过几次那茶屋，坐一个下午，吃完了一盘瓜子，喝败了两杯茶，然后带着满足步入繁华的西街，可那点满足很快就被西街的繁华和喧闹所淹没。剩下除了面对和接受活着的种种考验与折磨，大概只有混入拥挤的人群里，昂首挺胸，把自己当成一个大人物一样的虚伪了。

听说北口整条街都在新的建设规划中，我倒是希望那个局促而破败的茶屋能保留下来。当然，我也并不渴求在那里花钱去听人说话，尤其是胡海生说的那些漫长而沉闷的话。

等到胡海生约我的电话，是2018年的最后一个月。依然是老地方。我是听众，胡海生也没指望我能想出啥点子。

去了一趟九甸峡石花渔场。胡海生劈头盖面就说，大大小小整了十几条，保鲜保活，贵得要命。

和石花鱼有关吗？

有。胡海生说，老书记退休了，但我们打听到村里许多事情都是他暗箱操作。

胡海生喝了几口茶，继续说。

石花鱼买来之后没有隔夜，他们就去了老书记家。老书记见到那么多鲜活的石花鱼并没有感动，只是笑了笑。他说，那块地是二组的，让一组人在那块地上修房，理上说不过去。他还说，你们一家都进城了，再返回村里修房，理由不足，二组人不会答应。

原想通过石花鱼搭个线，请求他帮忙说话，然而他却拒绝了,也是他们想错了。那份艰苦岁月里的交情,在眼下的现实中根本不值一提。从老书记家出来后,愤怒的胡潮生便将所有石花鱼倒进了水沟。他们明白了,再珍贵的鱼在具体的现实面前,也是难以释放出鱼香来的。几十年前的鱼香,只不过是贫困年代里对肠胃的馈赠而已,与情谊无关。

他们接着又去找驻村干部。驻村干部是胡海生同学,一个电话,村委会其他领导也都来了。大家面面相觑,迟迟不愿开口。后来新书记说,那块地是二组的,如果二组村民同意,你们要拿土地出让金。胡潮生满口答应,并愿意将靠近二组的另一块地让给二组村民,当作他们组的公用地。

说好的事半月后依然不见动静。胡潮生有点着急,他叫上胡海生,又去找驻村干部。驻村干部叫来村委会领导,会议从中午一直开到星星出齐,还是没有结果。书记说,关键是二组村民不同意,反馈上来的意见集中起来有两点:一、这家人都有工作,再次到村里来就是想霸占村里土地;二、风风火火进城去,现在又想回来,目的不纯。

会议散后,驻村干部还特意对胡海生说,老书记能耐大,不能小觑呀。为你们家的事,我们想过很多办法,总是办不利索。要那块地的人太多了,都说愿意掏土地出让金,甚至有人还建议拍卖。我们想召开村民表决大会,要不让老爷子过来?毕竟是老革命,还是有人缘的。

胡海生真想当面骂娘，可他没有开口。他怀疑，他们是否将那些材料上报过？他不信政府真的对此没有研究。胡海生没有听完驻村干部的话，就从他办公室出来了。

其间胡潮生还干了一件蠢事。胡海生笑着说，他不但没有了做人的原则，也失去了做事的准则，反而让自己陷入尴尬之中。其实，那次会议后一切都明朗了。胡潮生依然不死心，他跑了很多路子，那块地就是批不下了。2018年的最后几天，胡潮生又去找村委会领导，并且拿了不菲的礼物，但得到的还是那句弹性十足的话——我们尽快解决。偏偏这个节骨眼上，胡广义着魔一般，时刻问起那块地和修房之事，好像县城住满了豺狼，唯有到村里才算回到桃花源。

局促而破败的茶屋里突然响起音乐来，是迈克·杰克逊的歌。这是我们来这里许多次的第一次。上学时都爱迈克·杰克逊的歌，因为他敢为自由而战、为和平呐喊，他直击灵魂的高亢嗓音，给予了遭受不公正待遇的人们无限希望与力量。我们也曾争相翻译过歌词，还依稀记得——我只是想说，所有人变坏了……我无法相信这就是养育我的那片土地……

此时，在这个局促而破败的茶屋里，突然听到迈克·杰克逊的歌，我们都觉得过于吵闹了，因为我们已经失去了当年的激越和冲动。

胡海生也说，我们的约会看来要终止了。

这里才是他的桃花源

世间许多事情不能强求。我对胡海生说，老人想去村里落脚，源于传统和心理文化的驱使。你说，人与人之间没有情感了，住在哪儿还不一样？

是呀，其实事情已经有了结果。胡海生说，他和胡潮生的想法不谋而合——当年那块鱼塘之地不吉利，住在周围的人家几十年都没有起色，甚至越来越贫了。

亏你们想得出。我又说，胡广义执意要那块地呢？

胡海生说，那他回村里的愿望就是村口白杨树上的老鸹窝，只能挂在虚空里。

我笑了一下，没再说话。

胡海生说，今天你请客吧。

我说，应该的。又说，石花鱼是冷水鱼类中当之无愧的味道最美的鱼，是高原裂腹鱼类中的大家闺秀。过几天就是新的一年，我们美食一顿洮河石花鱼，图个吉利。

还有话要说吗？胡海生问我。

人活着需要有韧劲，还应该需要那么一点点无耻。我说。

胡海生摇了摇头，苦笑了一下，没再说话。

2018.12　红堡梁

2019.05　通钦街

2021.06　通钦街

坡上人家

1

他每天早晨起来先要煮茶，然后去屋后山坡上的庙里。他说，不喝茶，一整天就觉得乏困。又说，庙小神大，有三海龙王保佑着，日子就平稳了。有才一家走了快十年，那时候都没有少吃洮河鱼，到头来让鱼吃了，也算一报还一报吧。有才一家四口人，哥哥叫有福，弟弟叫有德，还有一个老母亲。不过，有才一家的故事一点都不简单。说起有才一家，他长叹了一声，那一声长叹里，似乎裹挟了许多无奈。他继续说，几户人家在峡谷里相依为命，之间是藏不住什么秘密的。

十多年了，他想起当年因引洮工程而整村迁移的事情，已不再恐慌，也没有了悲伤。1958年2月，上级确定了引洮河水上董志塬的计划。那时候，他才七八岁，对引洮工程没有啥印象，他只记得，自己全凭偷工程队上的苞谷才有了今日。村子在洮河北岸，和洮砚乡（现为洮砚镇）隔河相望，但洮河并没有流过村子。村子里有河，叫磨河。磨河是从石门沟口的石拉路流下来的，一路经大沟小弯，然后流入村里两盘很大的石磨里，最后才归到洮河之中去了。洮河北流，过洮砚，经藏巴哇，入临洮，再到永靖，然后汇入黄河。磨河是经过村子的，也为洮河增加了流量的，到头来洮河却迫使整村迁移了。

2006年11月，九甸峡水利枢纽及引洮供水工程再次全面开工。引洮工程是以解决城乡生活供水及工业供水、生态环境用水为主，兼有农业灌溉、发电、防洪、养殖等综合利用的建设项目，从而实现水资源的优化调度，从根本上缓解了许多地区水资源匮乏的问题。范围之大，受益之广，在整个西北都是仅有的，因而洮河中游段相关村子都要迁移，大家毫无怨言。他们村几十户人家也在迁移队伍之内，引洮工程必须配合，但所迁之地在遥远的河西。短短的时间内，村里就剩他们几户了。保留的几户人家都是丧失劳动力的或是五保户，迁移过去需要重新创业，因而政府将他们异地安置。他没有迁移，是因为子女都在当地工作。而有才一家也没有

中国洮砚之乡

迁移，个中原因就复杂了。他说起有才一家，也似乎有不解之处。然而终究是别人的家事，就算知道，也只能算是路人了。不过有才走到那一步，也不能简单地说是走错了路。

他努力回忆着，似乎已完全沉浸其中，不知道是该怨怒，还是该惋惜。

引洮工程开工后，他们村所在地作为库区，水很快就涨了上来。当时整村都已迁移，他们被异地安置在相对高的山坡上，临时搭建房屋。当时只四户，他说，有才一家根本不在异地安置的范围内。水涨得很快，半月时间，以前的村子就不见影子了，看见的只是一汪闪动波光的洮河水。

他讲述过往一切的时候，始终保持着沉静，不紧不慢。他说，当时很恐慌，异地安置也只是为临时躲避被水淹没。门前只有一辆架子车能过得去的小路，屋后是巍巍高山，面对着如此汪洋，背靠雄伟群山，已经无路可走了。那时候，迁移所带来的骚动和难以割舍故园的哭喊早过去了，异地安置的几户人家实际上也面临重新创业，因而绝对不能丧失信心，要紧紧抱在一起，组成一个新的大家庭。尽管如此，许多事情上还是很难达成共识。人心所向不同，在艰难的日子里更是如此。还好，各种各样的问题都相互隐藏在内心，并没有尽显出来。

他一边说当初的情形，一边说起有才一家。他说，有才和他是一起玩大的，迁移的事情上有才根本听不进半句劝。迁移是大事，虽然谈不上生离死别，实际上甚于生离死别呀。劝说也只是尽了一份作为朋友的责任而已。当初因为有才的犹豫和徘徊，拖了整村迁移的后腿，村里人也有怨言。路是有才自己选的，他选择不迁移，当然也有充足的理由，最后他们一家还是留了下来。实际上，真正的劳力只有有才一个，那时候他也快五十了。说到这儿，他有点伤感了。他将火盆四周的柴火团了团，用火钳子拨着了火，将小的泥罐子靠近火堆，认真注视着茶根在水里翻滚。

2

村子被淹没后，整条沟几乎成了一片汪洋。烧黑的柴头，草芥，塑料袋，在河面上漂浮着，旋转着。两岸的白杨和毛桃只露出一点树尖，静静立在水中，失去了摇摆的力气。

有才一家被安置的地点距离他的房屋有一千来米，也是临时搭建的。有了新家，心就要收回来。虽然内心有许多不舍，可眼下的日子还得过，不但得过，而且要比以前更认真，更勤快地过。

有才一家走到那一步，谁也阻挡不了。他说着，语气中也是满带惋惜和伤感。他总是感觉，在整个事情的处理上，有才太偏激了，没必要非得走那一步。

有才的哥哥没有媳妇，因为他脑子有问题。有才的弟弟却是个勤快之人，为人也厚道，只是走得太早了。那时候洮河水还没有上涨，洮砚石风靡全国。然而最为珍贵的洮砚石出产在喇嘛崖的老坑里，地方群众常年采挖，安全上却没有特别的防护措施，有德就是采挖洮砚石的时候被活活埋在老坑里了。老坑吃掉的人很多，但前来采挖洮砚石的人却丝毫没有减少，毕竟老坑石值钱。随着采挖队伍的不断增加，老坑里的石料也是越来越少了，而且坑洞深，危险系数大，塌方现象经常发生。

喇嘛崖在洮河中游，整座山形如一顶僧帽，古人在此凿有喇嘛神像，加之传说中的砚台祖师是一位德高望重、学识渊博的喇嘛，因而此山便有其名。喇嘛崖老坑里的洮砚石在整个洮砚石中品级极高，雕刻而成的砚台也最为名贵。喇嘛崖老坑中的石料质地翠绿，色泽明艳，水纹漂亮，且各种水纹相互交织，有着不假雕琢的奇幻图案。雕刻工匠倘若很好地利用其水纹，一块石头便可名满天下，和宝石无异了。

过了洮砚乡，沿洮河北上，在纳儿村和下达窝村之间，便是喇嘛崖所在之地。引洮工程启动后，喇嘛崖所在地就成了九甸峡水库蓄水区。以前青松苍翠，山峰峻峭，顷刻间就变成一片汪洋，峡谷成平湖。喇嘛崖大半被淹于水中，老坑石集体沉入河底,成为世人只能觊觎而不可获得的遗憾。

喇嘛崖距离他们村子远,从早晨出发,过洮砚大桥,经洮砚挖日沟后继续北上,大约中午时分方可到达。大家背一背篓,拿一利刃,下陡坡,钻坑洞,借手电筒微弱之光挖宝。每次进坑洞,大家都会把脑袋别在裤腰带上,直到安全出洞,见到阳光,才算躲过一劫,可剩下的日子并不是四仰八叉躺在石头上安度晚年。石头毕竟是石头,让石头大放异彩还需要匠人尽心雕刻,有道是玉不琢不成器呀。

喇嘛崖老坑石雕成的砚台存墨久而不干,古时候就誉满京城,皇室贵族至士大夫们都想拥有。宋代之后,曾出现过一砚难求的现象,然而居住在洮河沿岸的人民靠采挖洮砚石发家致富者却少之又少。他们将石头背出坑洞后,大多便宜处理给地方上的雕刻匠人,或是专门收购洮砚老坑石的外地老板。一块石头被雕成砚台中的工艺精品,且流传后世,除了雕刻大师的心血,背石者的汗水和鲜血却被世人所遗忘。

不能从一个贪字去简单地理解,也不能说仅仅是为了钱。洮河沿岸一带的人们的确不富裕,有德就是因为背洮砚石而丢了性命的。他说,丢性命的何止有德一个?有才失去了弟弟,他父亲走得早,母亲年迈体弱,加之哥哥是傻子,他的压力就变得更加巨大起来。有那么几年,大家都觉得他的脑子也出了问题,不好好干活,成天坐在家里喃喃自语,性格

喇嘛崖大半被淹于水中，老坑石集体沉入河底

也变得十分乖张。有才的媳妇很出色,任何事情都能提得起也放得下,但在那样的家庭里,她也渐渐失去了信心。一个大家庭,仅靠一个女人实际上也是很难撑起来的。那几年有才的暴力倾向很严重,他媳妇也是死心了。后来,他们离了婚,她带着两个女儿离开了村子,之后再也没有了任何消息。

有才也有难言之隐,一个傻子哥哥,一个年迈的母亲,就算迁移去河西,生活肯定会出问题。政府同意他异地安置,然而谁也没有想到会有那样的结果。他说得也是很艰难,像是一点点撕开早已愈合的伤疤一样。

3

洮河沿岸一带风光旖旎,树木丛生,千百年来,人们生息于此,造就了淳朴民风,也多出了对神灵的崇拜和迷信。这里生存的人们的祖先多属明代将领及戍边军士,为了怀念他们的丰功伟绩,依照明太祖关于徐达、常遇春等开国将领享有太庙的昭示,洮州人民也供奉他们为龙神。大江南北习俗不同,而供奉的偶像也不同,但实质大同小异,都渴盼着诸位将领生为人杰,死为神灵,庇佑一方,五谷丰登,国泰民安,六畜兴旺。

这里尤为突出,常年庙会不断,从二月二开始一直到五月十五。所有庙会里最为盛大的就是五月十五的观园庙会。他说,那时候洮河水还没有上涨,村子没有迁移,三海龙王庙还在峡口处。三海龙王驻守着峡口,洮河泛珠流丹,波光粼粼,粒粒冰珠色泽翠绿,闪亮如晶莹宝石,浑圆似珍珠玛瑙。石门峡两岸崖壁峭立,百仞如刀,山上苍松翠绿,鸟语花香。洮水光洁如镜,倒映峰峦,清澈碧透。后来这里成了库区,洮河水不断上涨,村子迁移了,三海龙王庙也被淹于河底。再后来,异地安置稳当之后,才将三海龙王请了上来。异地安置的只几户人家,信仰三海龙王的却是整条石门沟的人,所以修个小庙宇并非艰难之事。

有才一家对三海龙王的信仰更是超乎常人,他们不但信仰庙宇里的三海龙王,而且还在家里有所供奉,说,那是他们的小家神。有才说,他们的小家神比山上庙宇里的还要灵验,如果小家神不高兴了,你吃他家一顿饭,就会拉三天肚子。有人嫌弃他家庄稼长得不好,小家神会暗地里使坏,让别人的庄稼徒有秸秆而无饱满之颗粒。小家神真有那么厉害?但小家神依然没有保佑住有才一家,不知道他们哪里惹小家神不高兴了。

十八位龙神的传说很早,但这里并不供奉。他说,十八位龙神都是肉身,而三海龙王是仙体,五月十五的观园庙会就是为三海龙王还愿。观园庙会可热闹了,唱戏、打牌、喝酒，还有外地前来开饭馆、卖凉粉的许多生意人，人高兴了，神也就高兴了。

观园庙会的来龙去脉还真说不上，观园是不是地名也不曾知晓，反正流行好多辈子人了。他说，当初观园庙会的地方有许多树，树冠很大，如把把擎天巨伞，不过还是被淹没了。每月逢七日便有集市，洮砚乡和石门沟只一桥之隔，挖日沟那边有物资交流会，石门沟这边有木材市场，两者互为补充，也使每年的五月十五观园庙会有了空前的热闹。他说，也是素日里太忙，无暇添补常用品，到挖日沟给孩子们买几件衣服，然后到石门沟买一笼木炭，况且庙会之日，所有物资的价钱是比较便宜的。逢到庙会，人们更是精神大增，也难得放松一下。就在那次庙会上，有才发现了他傻哥哥有福的巨大秘密。

他说到这里，也有点不好意思。

有福脑子不好，大家都知道。除了脑子不好，其他都正常。脑子不好，可也爱凑热闹。脑子不好，却偏偏喜欢挤到女人堆里。有福在那次庙会上女人最多的地方突然做出怪动作，他在任何人都未防备之下哗地脱下了裤子。人群一哄而散，有男人找来一根竹枝，在他光溜溜的屁股上使劲抽了几下，有福同样发出奇怪的声音，提起裤子，跑到无人之地蜷缩起来，显得非常委屈。有才是第一次见他的哥哥傻到如此地步，以前听人说过，他不信。哥哥脑子有问题，表现出超乎常人的言语和行为情有可原，然而他真没有想到他的哥哥竟然傻到做出那样的事情来。那次之后，有才就将有福关在家中，再也没让他出现在众人视线里。不过集体聚会的时间毕竟是有限的，庙会在无限的时间里却也变成了有限的奢望，因为不到几年，洮河水就淹没了一切，村子和庙会都成了记忆之中的人神欢乐之事了。

异地安置稳妥之后，政府对其几户人家也非常关心。新的房屋建成后，原本说应该全心投入新的生活之中去，可是有才的性情再次大变。也是因为有才发现了他傻哥哥的另一个秘密，那个秘密彻底瓦解了有才苟活于世的最后防线，然而在那件事情的处理上，有才体现出了前所未有的心狠手辣。

有天晚上，有才做好了一切准备，当他的傻哥哥从老母亲房间刚出来时，他就抡起了榔头。从此之后，世间就少了一个傻子，却多了两个抑郁症患者——有才和他的母亲。有才不提及的话，也只是大家的猜测。他说，不过事实和大家的猜想是一模一样的。

4

有才对有福处理得干净利落,大家心知肚明,不过都操心各自的事情,腾不出多余的时间去管闲事。他说,有才家以前有两院房,都被淹没了,异地安置后,他用政府的补偿金修了一院新房。相比其余几户,他的房子最气派。有才修房的时候大家都劝他,挨在一起相互都有个照应,可是他不听,决意要和大家拉开距离。有才的性情在他弟弟于喇嘛崖丢了命之后就有所变化,后来他又和媳妇离了婚,再加上他哥哥越来越傻,老母亲垂头不语,他就彻底变成了另一个人。有段时间,他成天坐在院子里自言自语。不过说真的,迁移就面临重新创业,一个老母亲,一个傻哥哥,到底去照顾他们还是去创业?就他的实际状况而言,迁移过去估计比留下来会更糟糕。

河水还在上涨,虽然没有刚刚拦截洮河时那么迅疾,然而这种缓慢地不动声色地上涨更加令人害怕。有才一家所住之地依然存在被淹没的可能,大家去劝他,可他依然不听,他说,有小家神保佑,一切都会过去的。

有才家单独供奉了小家神,大家都知道,可他供奉的是哪路仙人,哪位龙神,谁都不知道。在无尽广大的世界里,这样的小家神保佑了多少人呢?小家神是三头六臂还是青面獠牙？那个虚幻的但令他徒增生活勇气和信心叨念着的小家神，终究没能让他走出心灵的困境。

漫山遍野毛桃花开，密不透风的粉色里，整条石门沟似乎有了无可比拟的兴奋。珍珠梅一片接一片，白了峡谷，也白了洮河两岸，这里又仿佛回归到往昔的安宁和平静之中来了。这样美好的光阴里，大家都为新的家园勤劳拼搏，而有才却抱着那个根本不存在的小家神，坐在门口的毛桃树下，想象着，也期待着小家神能为他带来幸福的日子。同时，他也渴望小家神能抚平，甚至涂改掉印在他脑海中的那些令他惊悸的画面。

有才母亲病了，很严重，她时而无缘无故掩面哭泣，时而无尽夸赞有福的好，甚至莫名其妙和早已死去了的人对话，表现得喜怒无常，甚至时刻想着跳河自尽。母亲的种种表现，使有才更加坚定了处理掉有福的正确性。埋骨何处？这不是大家关心的事情。立秋之后，河水趋于平稳，可人心不安稳了，警察前来调查，几户人家就开始显现出慌乱来。有才不见了，他的母亲占据了他原有的位置，坐在门口处，抱着小家神日夜唠叨。那样的日子一直持续到河面结了一层薄薄的冰。

立冬了，立冬之后太阳好像多长了几条腿，恍惚间就到了腊月。洮砚挖日沟的集市分外热闹，大大小小的匠人们收

站在这里，顿时感到生命的无常和活着的艰难

起了工具，就连忙碌于河道与喇嘛崖四周翻捡石头的人们都收回了心。而所有的热闹似乎没有波及异地安置的几户人家，年根腊月的团圆氛围带给他们的只是无限的孤寂和对远在河西的亲人们的思念和牵挂。思念和牵挂多么令人心痛，思念让人陷入孤独和忧伤，孤独和忧伤又让人步入更大程度的迷茫，从而也使人感到生命的无常和活着的艰难。

有才回来了。他说，也是一件好事情。从另一个方面来说，也解除了有才谋害了有福的怀疑。他继续说，有才回来之后，并没有和大家亲近，看上去，他更加苍老而疲惫，双鬓间多了白发，眼神中也流露出许多感伤和无奈。

洮河沿岸最不缺的就是青稞，优秀的酿酒技术自然也流传了下来。大年三十，几户人家都去了有才家，因为他家还有一位老人。几户人家没有亲戚关系，更谈不上血缘牵连，却突然有了温暖。

坐到后半夜，也是酒过三巡，有才不再抑郁，而且话很多。当然他没有提及有福，更没有说他消失那段时间里的经历。他只是不断地絮叨他家的小家神，那个不复存在的偶像，已经完全占据了他的生活与心灵。似乎在那个虚幻而缥缈的世界里，他才能找到更好的活着的希望。小家神在哪儿？只不过是画在木板上的一个似人非人的怪物。有才供奉着它，并将一切快乐和悲伤交付于它，它决定着他的命运，它用无形的手臂摆弄着他的所有行为。

那夜，有才说他看见了被水淹没了的老院子从河底冒了出来，一会儿又不见了。他还说，他见到过好多次，他不想活了。哥哥做了伤天害理的事情，活着也是受罪。有才的话让大家都难过了起来。可门外是坚实的冰，看不见亲人，也没有灯火，一切都沉睡着，就连天上的星星都紧闭着眼睛。他说，那样的幻觉在有才眼里可能出现过好几次，以至于是真是假他都无能分辨了。不过，有才说到一点，大家又不得不怀疑有福失踪的不正常来。同时，也觉得整个事情很复杂。他哥哥是傻子，可他母亲不是呀，为什么会发生那样的事情？

他说，事实上有才还是放不下，也不愿让母亲孤零零地活着。有才烧了房子，自己跳进了洮河，母亲被活活烧死，多么不应该呀。不过留一个年迈的老人苟活于尘世，也是十分悲惨的。

……多年之后，他再次谈起有才一家，只是长长叹了口气。

有才出事是正月初三的晚上。后半夜火光冲天，顷刻间房屋化为灰烬。门前的冰面上被凿了个大窟窿，他家的小家神留在冰面上，冻得死死的。一天后，当大家清理被烧掉的房屋时，拣出了几块他母亲的骨头。几日后，又听到更为可怕的消息，山后一处虚土中找到了有福的尸体，头部被敲碎了。从有才母亲的抑郁和有福在庙会上的种种行为推断，有才害死有福，然后自己跳河自尽，所有一切就有了一个相当完满的理由。只是可惜，他的小家神并没有将他从抑郁之中挽救出来。它冻死在河面上，之后随波逐流，最后腐烂成灰，化为乌有了。

5

洮河水退回去了，整个河道里全是淤泥，再也分辨不出老院子的具体位置来。他说起十年前的整村迁移，不再有悲伤，他已经放下了悲伤，在新的生活面前满带微笑。

他每天早晨起来先要煮茶，然后去屋后山坡上的庙里。他说，庙小神大，有三海龙王守护，几户人家倒也平平安安。

洮河水退了回去，整个峡谷显得极为空荡，门前突然少了汪洋，也不习惯。水电站隔几年要维修大坝，因而就有几次峡谷空荡的机会。田地露了出来，没有人争抢，都荒芜着。几户人家里他年纪最大，却是最闲不住的一个。政府在每户人家门前都拉了结实的钢丝围栏，也是为大家的安全着想。从围栏到上涨河水间的距离大约十米，逢到雨水多的一年，甚至不足十米。围栏四周有杨树、柳树，还有桑树，这些树木逐年长大，几乎都看不到河水了。而野麻、毛桃树、珍珠梅等也是日益葳蕤，接连成片了。水不流动，鱼就很多。傍晚下网，三五日收网，各种各样的鱼能有上百条。他说，他不爱吃鱼，捞上来之后，又会一条一条放回水中去的。当然，逢到集市日，且能网到洮河里最为珍贵的金片鱼和石花鱼的时候，他也会背到挖日沟卖掉，然后再买些青稞酒回来。

今年洮河水早早就退了回去，他收起了渔网，拿起了锄头，渔翁就变成了农夫。围栏到河底有二十多米，整个洮河水退回之后，峡谷之中只有最初的磨河在流淌。磨河细成了一条线，也是若有若无。上百米宽的河道里全是淤泥，松软而皲裂。鉴于此，他对门前露出的那片土地有了精心打算。他将那块地划成大小不一的好几块地来，一块种上油菜，一块种上洋芋，一块种上烟叶，一块种上菠菜，一块种上葱和蒜。块与块之间的沟壑中，他又撒满了芫荽，而且在靠河边一米多宽的地方全都种了葵花。他说，也就收一季，心要狠点，等来年河水再涨起来，他就失去土地了，只能撒网了。

事实上，几户人家里也只有他行动便利，其余要么残疾，要么是五保户，他们坐享其成，自然懒得动了。他的小院子也是收拾得十分有序，干净而整齐。一方花园，里面有青菜，有月季，有高原天葵，有花椒树，有牵牛花，也有苦子蔓。各种鲜艳的花朵开出令人眩晕而迷醉的紫色、红色、粉色……苦子蔓更是调皮，它们无处不攀缘。除此之外，他还养了几巢蜂，整个院子构成了一个热烈而喧闹的新天地。

都已经习惯了寂寞，养几巢蜂，是为了听得见尘世上的声音。种那么多花草，是为了看得见春天、夏天、秋天和冬天的轮转交替。屋檐上还有几年前马蜂所筑的巢，他舍不得捣下来，说马蜂是守财的，捣下来就会不吉祥。

阳光明亮的正午，他也会走出院门，来到河底，他说他在寻找昔日的老院子，老院子或许还留有可用的值钱的东西。每一棵树桩他都能说出名堂来，某某家拴过马，某某拴过牛。其实，他看到的只是几近干涸了的河谷，淹没过的村子再也不会重新浮出水面。曾经的村道和铺在台阶上的那些条石在亿万年之后，就会变成化石。喇嘛崖老坑也被淹没，晾晒于山坡之上的那些绿石头再也雕刻不出流传千古的精品砚台来了。亿万年之后，洮砚石或许就成了传说。洮水流珠，石门金锁，也只能在古诗中彰显其骄傲了。然而，洮河还是那个洮河。他说，其实，无论何时何地，只要留住土地就已经很不容易了。

从河底回来，等太阳的毒劲渐渐缓下去的时候，他会进入到他精心划分的那片田地里去。不过他也会想起远在千里的亲人，也会想起有才他们一家人。

几户人家在洮河中游的这条峡谷里，守着日月，看满山

洮河还是那条洮河

毛桃开放，看珍珠梅吐蕊，看河水起起落落，听四季不同的风声，也算另一种幸福。

他还说，不久的将来，这里一定会人丁兴旺的。

2019.6　党家磨

2020.6　刀告村

大棚蔬菜

1

我是沿着洮河行走的。季节已入末伏，天热得发了狂，柏油马路快要被晒化了。马路两边的林檎和楸子弯下了腰，开始向大地致谢。今年雨水多，大豆和油菜翻倒后平贴在地里。几日前我还感叹——怕是颗粒无收了。可谁承想，末伏天却突然有了如此好的天气。躺倒在地里的大豆和油菜在连日暴晒之下，根部隐藏的活力又焕发出来，似年迈的老人，重新艰难地站起了身子。

花椒红了。花椒在这一带并不是主要产物，但在每家门前或园子角落里却随处可见。花椒也似乎不同于往年，串串低垂。也是雨水广，河道和山坡上的青草更是茂盛而厚实。

我已经走到了洮河中游——卓尼县。卓尼县在青藏高原东部，县地与四川及甘肃很多州县为邻，按理说应为四通八达之经贸繁荣之地，然而事实并非如此。卓尼县历来是有名的偏僻边隅，山大沟深，舟车不通，又处历代建制之省州边缘，且由封建土司政教合一制度统辖五百余年，封疆自守，不与外界往来，一直到新中国成立后，才打开门户。

卓尼县又是一个有着悠久历史的地方。从现存各类资料来看，洮河流域很早就是人类的栖息发祥之地。在境内洮河两岸，密布着古人类各个时期的文化遗址和大小城堡。但由于此地自唐宋以后文化事业衰落，历史资料的保存并不完整，因而在祖国千百年来的文明史当中，很少有对其地的精准考证，对此悠久的民族渊源在废置无常的建制沿革中，仅存凤毛麟角的记载。足以骄傲的大概也只有洮砚石了。洮砚石从北宋起就闻名于世，为文人墨客争觅之珍宝。洮砚石就出产在卓尼县洮砚乡。然而在多年的胡乱挖掘与九甸峡库区储水之淹没下，洮砚石也名存实亡了。

我的足迹曾遍布卓尼县的几乎每一寸土地，这次又沿洮河行走，其间，相隔七八年，卓尼县已经不再是记忆中的卓尼县了。从古雅川开始，经木耳、博峪、力赛、纳尼、多坝、秋古、羊化、纳浪，沿途没有停。新农村建设如火如荼，这么好的时代里，贫穷和落后再也看不出来。路两边的油菜花都凋谢了，而养蜂人并没有离开，他们在路边支起小帐篷，向路人招手。依然没有停留，因为我知道，今年整个夏日多雨，蜂只能靠白糖喂养了。

朋友三番五次告诉我说，路过力赛，就进去一趟吧。思忖再三，我还是管住了脚步。力赛是卓尼县木耳镇的一个自然村，因为"农家乐"的名气大，力赛才走到了"吃"的前沿。我没有走进力赛，但不后悔。我知道，所谓农家乐，是专门给城里人体验的。从小在农村长大，就无须体验农家生活了。说白了，无外乎一碗浆水面、一碟洋芋、一盘青豆子、几个山野菜。或许大家喜欢坐在土炕上谈天说地，想找回遗失了的平淡的农家生活。然而土炕早已不是真正的土炕了，全是木板炕，上面铺了张席片而已。有些事物失去了，就不会再回来的。所以，我在心底拒绝这种虚假的真诚和怀旧。

力赛，藏语意为"金身川"。传说古时从外地来了仙人，他们身上穿着金光闪闪的衣服，并于此地久居修行，力赛由此而得名。这几年，力赛村抓住了乡村振兴新机遇，依托生态文明小康村建设，加上得天独厚的地理条件，乡村旅游的招牌让力赛的"金身川"之传说真的变成了现实，绿水青山也在农家乐里转化成金山银山了。

朋友说过，力赛村共有农牧户57户290人，其中36户办了农家乐。一张菜单就轻而易举地让力赛踏上小康之路？对此我保留原有的想法与质疑。对乡村旅游，实际上我是不大赞成的。人在利益的驱使下，往往会失去对是非的判断。这样最容易破坏原有的乡村伦理道德和生活方式，这种方式一旦被打破，乡村就会陷入名利场。我在乡村生长了四十多年，对此十分了解。农家乐兴起的同时，隐藏其后的实际上更多的是某种看不见的角逐。这种看不见的角逐无形中瓦解了乡村的自然经济，也使乡村原有的种植业渐渐萎缩。然而社会化的进程却不随个人的意愿，我们只能且走且珍惜。

一路向东，到了纳浪乡纳浪村，再往前就是定西地界了。准确地说，是定西市岷县的西寨镇，这超出了我预定的地界范围，于是我在纳浪停了下来。

纳浪属于洮河河阴区，在卓尼县县城南部，其行政划分上虽然和洮河北岸区地界有所交叉，但总的来说还是以南岸为主。纳浪不但是卓尼县主要的产粮区，还是林区，其森林面积几乎占了全县森林总面积一半以上。各沟小岔纵深处有开阔地带，均为牧草丰茂的天然牧场。沿河岸之地却又是平坦肥沃的滩地，适宜各类农作物生长。因而，纳浪属于典型的农牧接合地。

纳浪是藏语"石羊沟"的意思，因为该地出土过许多野兽头骨，此地乡民也是卓尼县古老的部族之一。纳浪藏族自称"贝"，说藏语方言"番话"，为拉萨贵族后裔，保持着拉萨古藏族特有的贵族传统。信奉藏传佛教格鲁派和本教，佛堂、白塔遍布各个村寨。卓尼县境内土壤分类虽多，但以黑土土质最佳，纳浪的土壤几乎全是黑土，因而纳浪也是卓尼县的富庶地之一。

我在纳浪转了好几个圈，从学校出来，又进了邮电所。从邮电所出来，又在广场上溜达了一会儿，最后在路边一位老人的蔬菜摊前歇息下来。老人五十多岁的样子，很精干，声音洪亮，中气十足。可她的摊位却很小，只一张桌子，一台电子秤，之外便是放在地上的几个竹筐。竹筐内有辣椒、西红柿、黄瓜，蔬菜绝对新鲜，细微的绒毛和细刺都留在上面。老人给了我一个长刺的黄瓜，又给了一个蒂部带有绒毛的西红柿，劝我吃。我有点儿不好意思，接过来，又放进了竹筐。辣椒有点长，也有点大。我轻轻捏了一下辣椒，是有点老了。老人看出我对辣椒情有独钟，而且还是个行家，于是笑着说，想要小的、嫩的，就要去大棚摘了。

自己摘？我问。

老人迟疑了一下，说，成呢，就看你自己愿意不愿意了。

自己去摘自然最好不过，我真想去大棚看看呢。于是老人用电话呼叫她的老伴儿，一会儿她老伴儿就来了。同样是五十开外的老人，然而精神却远不如她，走起路来有点摇摆，脸蛋黑，声音也小。打完招呼后，离开她摆在路边的摊位，

看棚人享受温暖的阳光

我跟随他沿东步行，一直走到了洮河边。

2

三伏天的洮河十分平静，岸边的席箕草足有一人高，草穗已经很结实了，它们穿透新建大棚时堆起来的虚土，安然生长，无忧无虑、无拘无束。洮河对面的村子也叫纳浪，两个都叫纳浪的村子只一河之隔，但相互往来十分困难。洮河在这里变得十分平坦，河道宽，船只漂浮不起，也没有桥，要么从岷县的西寨转弯过来，要么从卓尼县县城绕道而去。到了冬天，就方便多了。河面一冻，溜着冰几分钟就到了。

他叫安才让，我斗胆问了他。我知道，村里人忌讳直接叫年长者的名字，而这个地方的人也不习惯称其为叔叔伯伯之类的，都统一叫巴巴（叔叔或伯伯的意思）。叫巴巴感觉很别扭，于是我就打了个马虎眼。其实安才让已六十一岁了，他告诉我说，他们承包了两个大棚，说实话还是很累，不过自在，不像以前大面积种庄稼。种庄稼的时候，雷声一响，就担惊受怕。安才让还说，年轻的时候吃过很大的苦，清理过河道，后来腿子和腰就不好了。天气一变，就愈加明显，但又闲不住。

安才让说起十几年前种庄稼的事情，就停不下来了。于我而言，种庄稼何尝不是最熟悉的劳动呢！很显然，在安才让眼里，我就是细皮嫩肉的白面书生。

早些年，纳浪一带主要粮食作物有青稞、小麦、燕麦等。油菜、胡麻也是要种的，但种得少，主要是受高原气候的影响，产量不高。墙角园子里也少不了萝卜、大蒜、韭菜等。算是自给自足吧，可一切并不由人，收成的多少只能靠运气。也是因为如此，大家为天道平安而做了很多祈福活动，和尚、阴阳师等念经作法都不管用。原有的粮食作物也渐渐跟不上日益富裕的生活水平，老麦子、挫麦子、老芒麦等因产量低而渐渐退出了众人视线。肚里黄、麻青稞等也改换了品种，就连洋芋也换成了大白花的种子。几年过后，大家都不愿意种庄稼了，因为不论怎么改换品种，旱涝之事依然不由人说了算。于是大家又开始种药材，当归、黄芪、党参、柴胡等，凡能生长的都试着种了。种药材没有发家致富，主要是没有市场经验，和下赌注没有区别。除自然环境带来的损失外，市场的变化实在难测。再说药材的种植成本远远高出粮食作物，在极其不稳定的市场风浪里，谁都不愿冒险了。于是，大家都出去打工，不但荒废了优质的黑土地，还滋生了好吃懒做的心态，坐享其成的美梦越来越大，最后失去了劳动的本能，甚至连劳动工具都找不见了。不种粮食，县城卖面的铺子发财了。当然，开面铺的自然是有钱人，全县城也就一两家。

安才让给我说这些，就像给小孩子讲故事一样。我也看得出，安才让作为一个老农民，他的言谈里已经对土地没有多少感情了，种庄稼真的好像成了遥远的过去。

安才让继续说，年轻的时候都愁田地不够，都跑到山梁和河道去开荒。挖掉了草皮，砍掉了齐刷刷生长的柳树和桦木，开出的成片田地里虽然打不出多少颗粒，但心是满的。那时候，大家对劳动的付出不计成本，现在不一样了。这个不划算，那个也不划算，他们眼里世上就没有划算的事情。

躺在炕上睡大觉划算，可吃啥？喝啥？神仙也是需要修炼的，对吧？

我笑了笑，没有搭话。安才让说的就是我们这代人，我何尝不明白呢？但他有点以点概面了。我理解安才让，人分三六九等，哪有一刀切下去而整齐不乱的说法呢？

还是大棚好，承包两个，一个专门种西红柿，一个种辣椒、黄瓜，也有茄子。安才让这才提起大棚来。大棚已经替代了粮食的生产，我们当年开荒种地，现在还不是满山荒芜吗？按现在的政策来说，那就是破坏环境，是犯法的。不过还好，山梁与无人耕种的川地，现在都已经种了钻天白杨。这片川地全修成了大棚，上百个呢，大棚建在洮河边，距离村子近，方便浇水，也方便出入。

大棚是村里统一建起来的，属于农民专业合作社，直接和贫困户签订协议。合作社按照民办民管民受益的原则，紧紧围绕农业增效、农民增收的目标，政府帮扶村里，要走出一条合作社加贫困户、再加服务市场的发展路子……

我不是记者，也不是来做政策落实情况的暗访或调查的，但我真的很佩服安才让对政策的熟悉和理解。这门功课估计浪费了他不少的精力和时间。我暗自发笑。不过能增收，当然也是所有人的希望了。

大棚里的蔬菜拉到县城，或到岷县跟西寨的集市，卖得

鸟瞰坐落在洮河岸边的蔬菜大棚

快,都不在乎多半毛钱。安才让极力宣扬大棚蔬菜的好,其实这一点我还是有自信的,因为我们村子也曾有过大棚种植,可始终没有发展壮大而中途夭折了。原因很简单,就是赶不上季节。等大棚蔬菜可以出棚的时候,自家园子里的菜大概也长大了。从劳动成本而言,大棚种植难以达到预期的目的。高原五月还飞雪,六月草木发芽,九月山川就荒凉了。霜降一到,万物萧索,所有希望和高原大地一样,都会进入冬眠期,大棚里的经济作物根本没有循环的机会和可能。然而大家居住在这里,时代飞速发展,谁还恪守成规不随时代变化而故步自封呢?

安才让终于带我进了大棚。大棚几乎是密闭的，只有容一人躬身而进的洞口。安才让开了锁，打开门，让我钻进去，同时在我手里塞了几个红布袋子。钻进闷热的大棚里，我又退了出来，但我想绝不能让他看笑话，说我同样是个对各种事情都精心算计的家伙。于是，我再次钻进大棚。

3

仅仅用闷热形容大棚的内部，那就太肤浅了。不到两分钟，我全身就湿透了，眼睛也模糊了起来，看不到太阳，只见一片晃白。棚顶开着四五个天窗，却不见一丝凉风。一排排西红柿在纵横交错的铁丝网上攀爬着，叶片缝隙里或红或青或半红半青的果子低垂着。我一边擦汗，一边折摘。红布袋子满了，我即刻冲出大棚。棚外艳阳高照，没有风，但还是禁不住打了个冷战。安才让看了我一眼，没说话，他接过我手中的红布袋子，又打开了辣椒大棚。情形一样，只是辣椒大棚里湿度更大，气味更浓，甚至有点刺鼻。似乎有所适应了，这次进棚很明显少了第一次进棚的那种窒息感。辣椒青红相间，串串悬于枝尖，我专拣小的摘。小辣椒脆得很，最容易从中间折断。断了不要紧，只是辣味呛鼻，忍不住要多打几个喷嚏。

整整三袋子辣椒，沉甸甸的，我的心里突然被说不出的幸福占满了。安才让接过袋子，帮我提着。我已经不会走路了，湿透了的裤子紧紧贴在腿上，像被无数条浸了水的麻绳捆绑住一样。

不会感冒了吧？安才让问我。

不会的。我说，外面凉多了。

安才让笑了笑说，三伏天呀，我们都是五点前进棚的。

那么早呀。我说，每天能摘多少呢？

不是每天都要摘，是要隔几天的。辣椒可以，西红柿要等红透了。安才让说，岷县西寨集市日就多摘点，平常就在路边摆个摊子。早晨起来的第一件事情就是进棚，日头一出来就不行了，太热了，会晕倒的。又说，你年轻，年轻真好。能吃苦，最好。

没有立刻返回，我和安才让坐在洮河边的土堆上说话。安才让说，你在哪儿工作呢？能吃苦，和别的干部不一样，很多干部在棚口瞅一下就退了出来。

我笑着说，摘菜是不能算吃苦的，每个人都有一双手，没必要过于麻烦别人吧。

话虽这么说，可事不那么做。安才让说，是人，就有不同的想法。

大棚在洮河边，真的方便了。我说。

也就这点好处，开春育苗，天天都要浇水，完了还要用黑纱盖棚，要保暖。安才让说，这些都是要下苦功夫的。不过还好，有了卷帘机，节省了时间，也解放了劳力。刚开始的时候，几乎所有人都要扑在这里，上百个大棚盖完保暖黑纱，有时候星星都出齐了。安才让摇了下头，笑着说，还是科技好，现在一开闸刀，转眼就解决了当初几十人披星戴月累死忙活的事儿。当然，盖黑纱也是冬天和初春的时候。冬天大棚要保暖，否则墒气不好，收入就会打折扣。

高原就这样，冬天大棚内依然不能种植，因为五寸之下土层封冻，蔬菜就算能长出来，也是长不大的。从高原气候和环境乃至季节而言，大棚蔬菜的生长根本就没有提前多少。夏天一到，大棚内的蔬菜反而滞销。如果把一切扩大到市场化，而大棚蔬菜的产量又小得可怜。政府大力扶持农民自主创业，农民集体经济经营规模也在日益壮大，土地流转频繁，然而很多人还是忽略了一点——因地制宜，在一片高呼下自以为彻底富裕了，殊不知这样的富裕只不过是爬到井沿上看了一眼。前几年我们村子大棚种植的失败，何尝不能给纳浪的大棚种植提供丰富的经验呢！我想。

安才让是位坦诚本分的老人，不夸张也不诋毁。他说，如果能吃苦，大棚一年能收入三万多块钱。三万多块钱对于农村家庭来说，是一笔可观的收入，何况这只是两个老人的劳动收入。

三万多块钱能办许多事，一年的基本费用够了吧？我问安才让。

够了，够了。如果没有大事情，用不了那么多。安才让说，老了，除了看孩子，顺便种点菜，给家里添补多少算多少。

我点了点头，说，一辈子忙惯了，突然闲下来心里会不舒坦。做些碎活，并不是纯粹的活动筋骨。不过年纪再大点，还扑到农活上，怕是要引起别人的闲话了。我是完全按我对自己父母的理解说的，当然，也是按村里人的说法说的。

安才让看了我一眼，摇了摇头，长叹一声，说，他有你半分懂事就好了。又说，两个丫头，大丫头招了女婿，没出门，就在县城桥头上摆些零碎，挣不来多少钱。女婿好吃懒做，是个大二杆子，也怪当初瞎了眼。让他们在大棚里种菜，总是说不划算，要出门打工。每次出门都从家里带走许多，年底回来，却空着双手，不知道是真没挣到钱，还是存了私心。我们老了，所有一切还不是他们的吗？如果一家人心往一处想，多承包两个棚，一年收入就不止三万块钱了，何必要出门打工呢？可他们不听话，在算计中计划生活，最后啥都没做成，脾气倒长了不少。

这种事情在村子里早就屡见不鲜了。话说回来，劳动者不靠劳动致富，还能靠什么呢？不劳而获无论何时何地都是一场梦。这样的梦,谁不曾做过?想到自己,也想到那个梦除了带来虚幻与烦恼,大概只剩好逸恶劳了。想到这里,我也长长叹了一口气。

4

河边来风了,不知不觉太阳已经偏西,对岸的纳浪村渐渐进入午后的慵懒之中。光线柔和了,树影也变长了,洮河泛动光芒,像无数太阳在水面上闪动,整个河面成了一望无际而无懈可击的金片鳞甲。这时候,我感到了屁股下的潮湿,才发现装有蔬菜的红色布袋上都渗出水珠来了。

安才让说,该回去了,孩子要醒来了,老伴儿一个人顾不住。

安才让开着电动车回家去了,我坐在他老伴的菜摊旁边等车。

电动车方便,晚上充好电,能用一天。她说,除了拉菜,来回也自由。

路上车多,是要小心的。我说。

年纪大了,不像年轻人,不会有事儿的。她说。

谈话间,过往车辆都停了下来,或买西红柿,或买辣椒。她很大方,不言价钱,先拿出西红柿和黄瓜让他们吃。一吃之后，或多或少总是要买点的。我很佩服，她的善良与厚道中隐藏了不少聪明和智慧。

太阳快落山了，我给她钱，她不愿过秤，说随便给点就好了。但我还是过了秤，秤能称出重量，更重要的是能称出人心。

返回县城的车辆很多，但一辆都没有要载我回城的意思。安才让已经帮她收拾好了摊子，他们回家去了。从纳浪到县城四十多公里路，步行需要好几个小时，我有些焦急。

十多分钟后，安才让开着电动车又来了。

他说，住我家，别等了，不就过个夜嘛。

我有些犹豫。

住县城还要掏房钱，家里没有宾馆高档，但干净着。安才让说。

推却的理由很多，但我接受了安才让的邀请，实则也是搭不到回县城的车。

从学校背后的一个巷道进去，然后左拐，步行五十多米，再左拐，第二家就是安才让的家。巷道全是水泥硬化路，很干净。院子不大，房屋古旧，上房五间，左边带有两间出檐的厢房，都装了太阳能暖廊。

住厢房吧，平常很少有人住，干净点。上房里孩子们住，乱得很。安才让带我进了厢房，厢房里陈设很简单。看到这一切，我想起了老家，因为这里的一切和我的老家一模一样。

晚饭是西红柿旗花面,她做的。我没有见到安才让的两个女儿,一直到很晚,都没见到。吃完之后,她带孩子们去上房休息了,我和安才让坐在炕上拉闲话。

我们都不种庄稼了,都在大棚里种菜,到底好不好呢?没有想到安才让突然会问起这样的问题来。

到底是好还是不好,真的没有权力去回答。可我脱口就说好,最起码大棚的收入比种庄稼好吧?

是的。安才让没有否认,但他又说,现在吃啥都没味道,当年毛麦子磨出来的面,蒸一笼花卷,十里八站都能闻到香味呢。

我笑着说,生活好了,各种好吃的都吃过,胃口的要求自然高了。

安才让也笑着说,毛麦子产量低,打碾起来很麻烦。一直想在园子里种点,可种子找不到。

久远年代里的毛麦子,不过是一种情怀而已。毛麦子早就被众多优良的粮食作物淘汰了,它的名字恐怕也只有像安才让一样生活在高原上的老人们才偶尔惦记起。

安才让说,大棚里种菜能挣钱,但说实话,那么多那么好的川地都荒了很可惜,洮河两岸空了,像缺了什么东西。现在政策好,只要肯吃苦,不种粮食,也能过得去。一个家庭团结起来,啥都会有的。

听得出，安才让心里有怨气，肯定是针对女儿和女婿了。

小丫头呢？我问安才让。

安才让说，大学毕业后没有找到工作，在县城一个宾馆里当服务员。又说，小丫头人泼辣，遇到一个好女婿的话就好了。安才让一边说，一边盯着我。安才让是故意的？或是有意试探？或许是我想多了。但安才让的眼神确实让我有点局促不安。我说，一定会遇到好女婿的，一定会。

安才让很认真地说，有合适的就给介绍一个。

一定会，一定会。我不住地说。

我有睡懒觉的习惯，已经很多年了，但今晚必须保持警惕。可当我睁开眼睛的时候，太阳已经翻过了墙头。一晚上总是惦记，半梦半醒间做了不少奇怪的梦。

院子里是一个年轻漂亮的姑娘，她见我出来，便端过来一盆水，放在脸盆架上，露了下笑容，进屋去了。她一定是安才让的小女儿了。我想，但愿遇个好女婿。我一边洗脸，一边在脑海中搜索亲戚朋友里未婚的青年，同时也提醒自己，这件事一定要放在心底。

安才让他们早摘好了菜，西红柿、辣椒、黄瓜等满满几筐，摆在路口。

起来了？还早呢。安才让说。

嗯。我应了一声，感觉有点不好意思。

老伴对安才让说,还早,你们回家喝茶去吧。

我执意要坐在路边,没有回去,实际上我是想等去县城的车。安才让见我不随他回家,也坐在路边,说起大棚承包的事儿来。

大棚是村里统一建起来的,要承包给贫困户。还说,贫困户不止他一家。

大棚承包要钱吗?我问安才让。

一个两千。安才让说,大棚是村里集体经营,承包费也是村里统一管理的,谁家遇到大事了就拿出来救急。

安才让对来年能否承包到大棚有所担心。我能帮些什么呢?尽管安才让没有开口求人的意思,可我的心里再清楚不过了。

安才让说,村里已经通知了,说大棚紧张,会有变动,也有可能要统一管理。

不会吧?你家经营得很好呀。我说,统一管理不会乱套吗?我不是对我的乡亲们持有恶意的猜想,然而很多事实确实如此。实际上,许多事情一旦和利益挂钩,人的自私就会无限扩大。

不知道。安才让说,我们不管,提前放水下种,他们也没办法吧?承包给懒人还不如承包给我们。

既然承包了,怎么不好好经营?我想不通。

那样的有好几个，都争着抢着承包，之后却不好好经营，最后大棚里全是荒草。安才让又说，都让好政策给惯坏了，哪有不吃苦而白白得到的收成呢？

我没说什么，但心里突然想起穷则思变来。面对许多不思变，或寄希望于等、靠、要的那些人，再好的帮扶也是白搭。不但如此，还会滋生他们的依赖性，惰性也会无限延伸。有手能动，有脚能走，有脑能想，依然喊穷，那只是说明太懒了。懒人永远是扶不起来的。安才让老两口肯吃苦，勤劳能干，他们承包大棚能赚来钱，不给这样的人承包，那扶贫带动的意义就不大了。

路边突然多了几辆车，都是买菜的。菜是早上刚摘的，自然没有任何挑剔了。她忙着装菜、过秤，还不住招呼着，让买菜的人吃黄瓜、西红柿。一直到中午时分，买菜的人没有间断。她说我是有福之人，给她带来了很多生意，说要去附近的坡地里摘点豆子，让我带回去。我很感动，觉得村里不给他们承包大棚，就真有点说不过去了。

中午时分，我终于离开了纳浪，老两口没有执意挽留。坐在车上，我想了很多，最关键的是如何让安才让继续承包大棚。因为我知道，也懂得，勤劳方能致富。

2019.10　当周街

风过车巴河

1

车巴河与洮河交汇的三角冲积地带上,矗立着一座长满千年古柏的柏香山,山下有村镇,村镇比江南水乡多了一丝硬朗,又比北方古居少了一丝沉重,藏式木楼与红瓦相间,恰到好处地贴近自然,又充满了民族气息,这便是扎古录小镇了。

车巴河是洮河南岸主要支流,发源于甘南藏族自治州卓尼县境内的车巴沟垴、华尔干山北麓,它又由尼巴大沟、江车沟、石巴湖、尕扎沟、阴家山河、石矿沟、郭卓沟等支流汇集而成,河源海拔4100米,全长82.8公里,流经卓尼县境内的尼巴、刀告、扎古录三乡,并在扎古录镇麻路村之北汇入洮河。

我就在这里工作，当然只短短两年时间，之后便要返回。有朋友来看望我，总是笑着调侃，说我找到了桃花源。也有人嫉妒我，说我有意逃开单位的各种业务和学习，纯粹成了逍遥闲人。车巴沟里物种极其丰富，有鲜嫩丰腴的龙须菇，有珍贵无比的羊肚菌，有漫山遍野的党参、红芪等，岩羊、马鹿、山豹、熊等也经常出没这里，蓝马鸡、雉鸡成群结队在树丛中觅食，奇山异水被点缀得风情万种。

"扎古录"为藏语译音，意为"石洞沟"，镇政府驻地麻路村是卓尼县境西部仅次于县城的小镇。这里是洮河与其主要支流车巴河的交汇处，是进车巴沟的必经之路，亦是古近代交通、军事咽喉要地。

山神花了几千年的时间，才把大山巨石劈开，为洮河凿出一条奔跑的路。洮河流着流着就改变了想法，它在麻路留下一串多余的小肠，继而向东北流去。在这里，我遇到了许多形形色色的路人，也交往了各种各样的朋友。苏奴栋智是特别的一个，他善于讲故事。空余的时间，要么他来找我，要么我去他家。无论在哪里，都差不了一壶煮得浓似牛血的松潘大茶。都说酒过三巡言不可收，我们的情况是茶过三杯就无话不说了。

十月初的某一天，苏奴栋智给我讲了我来麻路的第一个故事。是一个小裁缝的故事。

很多人都要来麻路,不来麻路就不知道天堂有多美。可许多人走着走着就迷路了,但有一个人的确找到了麻路,一来之后,他就想在麻路建个小家园。苏奴栋智一边讲,一边不住发出啊啧啧的感叹。

他真把麻路当天堂了,但整个麻路没人注意到突然多出了这么一个人来,对他的勤奋自然也无人理会。他每天天刚亮就拾木材、砖头和石块。不到三个月时间就圈了一块地,盖了个简易的房子。他没有朋友,夜里就听洮河歌唱,白天依旧拾木材、砖头和石块,晚上就住距离洮河很远的一处废弃的冬窝子里。

冬天终于来了,麻路小镇落了一场大雪。一下雪,整个麻路失去了多余的色彩。小镇上的人们都穿着新的棉衣服,只有他冻得发抖。自从下了这一场大雪后,他便没有去拾木材、砖头和石块,整个小镇都被雪覆盖着,进山的路也被封了,他不得不找尕豆草。

尕豆草是小镇上最有名的裁缝,她手艺好,做衣服的价格也便宜。最主要的是,尕豆草男人去世后,她全凭手艺养活女儿和父亲,因而大家都愿意让她做衣服。

他来到尕豆草的裁缝店,有点胆怯,但他还是很小心地对尕豆草说,我要做件棉衣。

雪中小镇

尕豆草说，我不给男人量尺寸，因而无法做衣服。尕豆草见他不肯离开，又冷笑了一下，说，这是我为自己定的死规矩，破了就不能做裁缝。

当然了，他也看得出尕豆草眼神中包含的对他的鄙视。一个裁缝怎么会给自己定那样的规矩？苏奴栋智也发出了疑问。但苏奴栋智马上又说，好戏就是这样开头的。

天气越来越冷了，接二连三的几场雪，彻底断送了他拾木材、砖头和石块的念想。他坐在自己围起来的家园里，冷得直打哆嗦。

大街上人很少，只有冰冷和寂静。他抱紧膀子，来回踱步，没有预想，可已经到了尕豆草的裁缝店门前。他小心地趴在门框上向里望，但见尕豆草坐在缝纫机前，认真做衣服。看着看着尕豆草就飞了起来，飞在七彩祥云里翩然起舞。他再次揉了揉眼睛，尕豆草又变成了慈祥的太太，她手下的每一件衣服都散发出温暖的光芒。只有仙女才会变幻，尕豆草在他心里已经成了仙女。对仙女不敢觊觎，只有敬仰。他这么一想，就忘记了寒冷。

这些都是后来他告诉我的，我和他有过几天交往。苏奴栋智说。

后来呢？

后来他就忘记了冬天，但他没有忘记时刻去尕豆草的裁缝店。

尕豆草是伤了翅膀的天鹅，村里人都这么说。苏奴栋智说，只是可惜，她伤了翅膀，就无法飞起来了。但他等到了初一，带足了信心，再次来到尕豆草的裁缝店里。棉衣没做成，还受到了沉重的打击。初四傍晚他又来到尕豆草的裁缝店。裁缝店里果然多出了一个男人，那男人丑陋得很。尕豆草认真替那男人量尺寸，没有抬头，也无视他的到来。他十分伤心，就悄悄离开了裁缝店。

你不知道，扎古录镇上有个丑男人，他有钱，也有权，人很恶，每逢月初会来一趟麻路，会找尕豆草。据说尕豆草拒绝了他好多次，"不为男人量尺寸，不给男人做衣服"也是由此而立的。可最终尕豆草还是没有坚守住规矩，不但为那个丑男人量了尺寸，而且还做了衣服。

苏奴栋智说到这里，叹了一口气，说，有钱有权就可以吃到天鹅肉，麻路好多年的清静也被破坏了。

再后来呢？

再后来他也知道了这个消息，他打听到的消息比我们知道的还详细，据说那个丑男人找了尕豆草九十八次，第九十九次如果尕豆草还拒绝量尺寸、拒绝做衣服的话，他就要让尕豆草的裁缝店彻底关门。

那尕豆草的裁缝店到底关门了没有？

苏奴栋智说到这里也是悲愤不已。他说,彻底关门了。

量了尺寸,也做了衣服,裁缝店为啥还关门了。

是尕豆草破坏了自己的规矩吧。或者还有不为人知的秘密,那个丑男人太凶了,你知道吗?谁愿意去招惹那样的人呢?不过那个丑男人、恶男人最后还是被人打死了。大家都相互猜测,说是那个人干的,可是谁也没见过,只是猜测。奇怪的是那个人从麻路消失了,他圈起来的那个小院子已经长满了荒草。

苏奴栋智又说,都是男人,都做了男人该做的。可麻路的老规矩被打破了,我们没有了裁缝,大家都要跑到很远的地方买衣服,一来二去,好消息、坏消息都带了进来,这里再也没有清静过。

2

十月中旬的某一天,苏奴栋智给我讲了我来麻路的第二个故事。是一个小酒馆的故事。

这个故事不是外来人的故事。苏奴栋智说这个故事的时候显得很小心,他说,那个人不在麻路了,不过还是小心点好,话传出去,会有麻烦的。

十年前,他可是麻路的风云人物。有一年秋天,他喝了一瓶酒，然后提着斧子去了柏木林，砍了一堆柏木，做了许多家具，卖到羚市后就成有钱人了。几月后，他又喝了一瓶酒，又砍了柏木，做了家具。再后来，他的生意真做大了。村子里有了富人是很好的一件事，然而他砍完了村子里的柏木林，村子穷了。村子没有柏木林的掩护，豹子就开始下山了。起初是夜晚，后来在白天也会出现。牛羊被吃掉，有时候大人小孩也会被吃掉。都是那瓶酒惹的祸，如果不喝酒，他就不会去砍柏木林；如果不砍柏木林，豹子就不会下山；如果豹子不下山，牛羊、大人小孩就不会被吃掉。总之，是那瓶酒惹的祸。

苏奴栋智一边说，一边咬牙切齿。村子里的人都知道所有一切是他带来的，于是全村人联合起来，将他赶出了村子。

好几年都不见他了，他的家人也好像没有打问过他的行踪。苏奴栋智说到这里，摇了摇头，说，人算是赶出村子了，但柏木林始终没有长起来。不过村子里来了个怪人，他一来就在洮河边圈了个简单的院子，盖了一间小房子。和找尕豆草做棉衣的那个人有点像，不同的是，他是来麻路捡破烂的。

麻路的确是个好地方，然而再好的地方也会有破烂。苏奴栋智说，那个捡破烂的很勤奋，大街小巷的角角落落他都不会放过，有用没用的统统带走了。因为喝酒，村子里好像不平静了。大家都归罪于那个小酒馆，但也不能让人家关门。

谁有那个权力呢？苏奴栋智说，村子四周没有了破烂，真是干净了。后来那个捡破烂的就去了小酒馆，他在那里捡拾酒瓶子。谁曾想到，捡破瓶子也能捡出门道来。

一茶壶喝光了，苏奴栋智的故事还没有进入高潮。我不停地添火，提水，煮茶，希望他快点进入结尾。

苏奴栋智讲得很缓慢，根本不像讲故事的人。他没有卖关子，他在他的鼻子上花的时间比讲的时间多。他要吸鼻烟，看着精致的鼻烟壶，我都想试试。可见他哈欠加眼泪的样子，我又害怕起来。无论如何，要等他过足瘾。过足了瘾，茶也差不多滚好了。

苏奴栋智继续说，有一天，有个怪人去找捡破烂的，不为其他，他只想找回他喝过的那个酒瓶。捡破烂的捡的酒瓶子都堆在院子里，快成一座小山了。那人从中午找到黄昏，从几百个各种各样的废瓶堆里终于找到了三个方形的瓶子。那人非常激动，为表达真诚，他给了捡破烂的一百块钱，并且说，你还能保存着这些酒瓶，你知道吗，它们就是祸首，我必须感谢你。捡破烂的吃惊不小，同时也高兴不已。那人又说，我想结果了它们，就在你这儿，你不介意吧？捡破烂的人不明白他的意思，只是点了点头。那人立刻将三个方形空酒瓶摔碎在地，并且用斧子砸成了碎末。

精致的鼻烟葫芦又取出来了，苏奴栋智把鼻烟放在右手的虎口处,咔地一下就吸了进去。过了好长一阵,才缓过神来。吸了鼻烟的苏奴栋智果然精神了许多,但我有点不太喜欢他了。可他是我在整个车巴沟里最好的朋友,因为他汉语水平好,会讲故事。因此,我也不敢得罪他。

又过了几日,第二个怪人又找上门来了。他依然滔滔不绝地说起麻路小酒馆,说一年前他在那个小酒馆里喝了一瓶酒,耍酒疯,砸了别人的摩托车,现在来寻找那个让他付出沉重代价的"祸首"。

然后捡破烂的让他在瓶堆里找,找到瓶子后,就地砸了,然后给了捡破烂的一百块。是这样吧?我说。

你都知道了,那我就不说了。苏奴栋智生气了。我笑着说,瞎猜的,瞎猜的。

苏奴栋智没和我计较,喝了一口茶,说,和你猜的一样。再后来怎么样了,你猜吧。

还是你说吧,我不猜了。

苏奴栋智笑着说,你根本猜不到。

那你说吧。我给他添满了茶水。

苏奴栋智又开始说了起来。

几日过后,捡破烂的门前挤满了各种不同的怪人,都是来寻找祸首的。可捡破烂的很聪明,他在院子里挖了个大坑,还准备了专门砸酒瓶子的锤子。他不捡破烂,开始做起了生意。一个"祸首"二百元，砸烂在坑里另收一百元。

我倒吸了一口气，心里想，捡破烂的真是个聪明的家伙。

可是那以后，他的门前再也没有人前来找"祸首"。几月过后，终于来了一个，那人面色憔悴，身形单薄，一来就表现出万分感谢的样子，他十分认真地给捡破烂的说他的事情。大概在十年前，他在麻路小酒馆里喝了一瓶酒，失手砍伤了一个人，蹲了好些年，终于出来了，他要找到那个让他犯罪的"祸首"，要珍藏起来，作为一生的警惕，并且流传后世。

捡破烂的听说他要收藏那个"祸首"，又暗自涨了价码。说，今日不同往昔呀，如果你要拿走"祸首"，同样是要付出代价的。如果你想就地结果它，前院里有坑。考虑到你的诚心，给你打八折吧。那人听后就愣住了，一会儿，他号啕着走出了院子。

后来呢？我问苏奴栋智。

后来他还是捡破烂的，村子变得干净了，再也没有破烂东西，他就消失了。

这是真的还是假的？我问苏奴栋智。

苏奴栋智说，现在的麻路不像以前的麻路了。工作的都抽空捡破烂，美化环境，哪有他发财的路呀。不过，一个捡破烂的心都那么黑，他长期住在麻路，那真不就成"祸首"了吗？

是这么个道理。我点了点头,说,我们喝茶吧,喝完这一壶,明天换新茶。

3

十月的最后一天,我在麻路吃饭的时候恰好遇到了苏奴栋智。苏奴栋智的胃口非常好,两碗干炒面片,我想都不敢想,可他没有眨眼,一股劲就吃完了。

应该回趟家了,顺便去趟单位收发信件。也准备去趟电影院,或者去东四路吃个小火锅。我没有打算和苏奴栋智纠缠,我知道,一旦和他搭上话,就走不脱了。

吃完饭,我坐在饭馆门口的台阶上等车。苏奴栋智和我一样,也坐在台阶上,不住揉鼻子。我笑着问他,没带你的宝贝葫芦?他也笑了笑,没说话。过了一会儿,他说,今天一定要去吗?一定要去,但很快就回来了。我说。苏奴栋智看我一定要走,也就离开台阶,并且说,下次多带几块茶。

车一直没有来,我等得也是很心焦。

走,我带你去看看。苏奴栋智拐进北街的岔路口又跑了回来,喘着气说,终于开门了,赶紧走,一定要去看看。

还没明白是怎么回事儿,就被苏奴栋智强拉着朝东街快步走去。

前几年麻路的大街上白天几乎没人，到傍晚才陆陆续续出来。苏奴栋智边走边说，那可是个好地方。之前大家吃完饭之后，会扎到商店台阶上说闲话，或钻到临街的小卖铺里拉家常，自从有了台球室，大家都像风一样刮过大街，去台球室了。

要去台球室？我不去。

那可是个好地方，先去看看，剩下的事情慢慢说。苏奴栋智又像刚才一样，强拉着我。

来麻路的这些天，我做了认真仔细的观察，最后却万分失望。麻路只有两个地方可以娱乐，一个是小酒馆，另一个是台球室。小酒馆和台球室对我而言并不陌生，小酒馆我去过，但我不喝酒，自然无法感受多余的快乐。台球室也去过，只是长年关门，门口都十分冷清。

来到台球室门口，我又不想进去了，可是苏奴栋智不答应。

台球室里有点暗，台案上落满了灰尘。那个叫卡卓草的胖老板斜躺在靠窗的板床上，不停地嚼着泡泡糖，根本不像做生意的样子。许多人风尘仆仆直入台球室，为什么呢？

我必须回去了。苏奴栋智说啥都不答应，他死死拉住我，还说错过了就再也看不到。于是，我们就搬过两个塑料椅子，吹了吹灰尘，坐了下来。时间不知不觉溜走了很多，我心里越来越焦急，但无论如何，今天是回不去了。

终于熬到了晚上，我们吃完饭，再次去了台球室。晚上的台球室果然不一样，我看见靠窗的板床上坐着三个男人，旁边堆着好几箱啤酒。胖老板也坐在榻榻米上，笑眯眯看着他们喝酒。

第一次见这么胖的女人，我不敢相信自己的眼睛，又认真端详了一番。她的身量似乎比白天小了，可比白天圆了；双手搭在膝盖上，手小而圆实，指骨节处像是箍着圈圈，和大肠无异；背上的皮肉快要绷破了衣衫，露出来的胳膊又似从中间扎了几截的黑色皮袋；前边更没样子了，胸脯和肚皮搭成一片，一起坠落在腿子上。尽管如此，大家还是风尘仆仆，趋之若鹜。

苏奴栋智说，她有许多让人无法估量的本领。

那三个人一直喝酒，未曾停过。一个是木材老板，一个是养鸡专业户，一个是山那边的农民。我从他们的说话中听了出来。三个男人也显示出各自的特长，互不相让。木材老板一边喝，一边谈论着金钱，神情颇为轻佻。养鸡专业户拿出他职业的本能，言语里布满了杀机。只有农民本分，一直唠叨洋芋大丰收之类的话。

后半夜，我离开了台球室。看不出其中的门道，但觉得那三个人把作为男人的尊严拧成一股绳，仅为那个胖女人，实在不值。

没有回家,就为看三个人在那儿喝酒,我后悔极了。不过苏奴栋智给我说了台球室的秘密,我发誓再也不去那个地方。

苏奴栋智说,想要在台球室胖老板的榻榻米上过夜,必须喝够四十八瓶啤酒。去年有个人喝了四十八瓶,后来就死了,台球室被关门了。但那以后,扎古录镇上再也没有出现过能喝四十八瓶啤酒的男人。大家依然会去台球室挑战,因为他们从来就不肯相信,世界上没有不被征服的女人。

苏奴栋智又说,这不又开门了吗?不知道能喝四十八瓶啤酒的男人在哪儿呢。

我有点愤怒,对苏奴栋智说,太无聊了,为一个胖女人搭上命。

为看一个胖女人,你搭上了回家的时间,太值了。苏奴栋智说,当然你不是能喝四十八瓶的那个狠人,所以你永远无法知道她的本领。

4

风来了。车巴河边的风不简单,风从尼巴大沟、江车沟、石巴湖、尕扎沟、阴家山河、石矿沟、郭卓沟一路吹来,它能吹出各种各样的声音。好几个夜晚，我听着那些声音，不敢合眼。我一直想，那个家伙就住在河边，看守磨房，胆子不得了。磨房距离我的住处不到五百米，除了白天，晚上我是不敢去他那儿的。他站在河边大声喊我的名字，我就将头缩在被窝下，从不出声。

看守水磨房的那个人名字很怪，我一直想不通。——太太保，太太保，难道太太是个大仙？或者他家里有个叫太太的守护神？有时候，我想到他的名字，就禁不住笑出声来。

水磨房相当安稳地坐在河流之上，看日出日落，听流水哗哗，已经几十年了。我的记忆中，水磨房里很阴暗，很潮湿，有吊死鬼，也有饿死鬼。当然，我的记忆停留在大人哄小孩子时提起的那个水磨房里。可太太保守着的这个水磨房全然不同，这点我也想不通。

太太保最初也是个外来人，听扎古录镇上的人说，以前守水磨房的是个老太太，老太太心肠好，就收留了他，而且还给他起了个名字。都是传言，这样的传言太荒诞了，我一想起就忍不住要笑几声。水磨房的确是老太太留给太太保的遗产，这是千真万确的。

和太太保谈不上熟悉，只是见面了打个招呼。太太保从未提起过关于老太太的事儿，我想过好多办法，可他只字不提。

转动的水磨叶轮

水磨房生意很不错，春夏秋冬都有收成。因此太太保十分得意，哪怕洮河断流，他都不怕，老太太留下的这笔巨大遗产让太太保坐吃而不空。

麻路原本就很有特点，一边是农耕文明，一脚跨过河岸，却又是游牧文明。来这里的不仅仅是像我一样的外来人，还有很多天南海北的游客。他们一来这里就大呼小叫，异常兴奋。他们来水磨房不是磨面的，而是拍照的，从上到下从里到外，连犄角旯旮儿都不会放过。当然，游客也是在麻路最美丽的七月来。太太保守着水磨房，就像守着一个活财神，进去参观要收费，拍照片也要收费。到了冬天，太太保才开始磨面。水磨是专门给当地群众磨炒熟的青稞面的，磨出来的面叫炒面，藏语叫糌粑。有时候，他也会在磨房里留点少量糌粑，因为有个别游客会出高价买那么一点点，回家尝尝鲜。

太太保的这个水磨房让整个小镇的人羡慕不已，可这是老太太留给他的遗产，别人只能羡慕而无法占有。说起老太太也是几十年前的事，谁也说不清楚。但到太太保这里，水磨房的主人地位根深蒂固，不可动摇了。

好奇心使我寝食难安，我找过苏奴栋智，他头摇得拨浪鼓一样，还说那人怪得很，吃错了药，尽说些不是人说的话，迟早被大家赶出去的。不仅仅是苏奴栋智，其他人也这么说，我就坐不住了。这天，我早早就去了扎古录小酒馆，买了两个方形瓶子的烈酒，心急火燎来到水磨房。太太保见我来了，而且提着酒，显得极为热情。和太太保一边喝酒一边聊天，太太保有意无意回避说起老太太的事，但喝着喝着就喝大了，聊着聊着就聊深刻了。

太太保说，当时被老太太收留是真的，她没有儿子，想让我当她儿子呢！

我说，人家收留了你，那是多么伟大的爱。

太太保说，你和他们说的一样。

我说，老太太没儿子，收你为儿子，防老嘛，人之常情。

太太保说，你们的脑袋都老化了，什么养儿防老，都是屁话。你知道吗？当她想着养儿防老的时候，母爱的伟大就已经变成了交易。

我大吃一惊，也很气愤，于是对他极不友好地说，你怎么这样说话呢？

这就是交易，不谈母爱的伟大。她收留我，我替她养老送终，水磨房作为遗产留给了我，这不是交易是什么？太太保说得非常有道理，我无力反驳。

太太保又说，大家都觉得养儿防老是天经地义的事情，可是谁曾想过，如果生个傻子生个呆子呢？母亲岂不是折本了？如果为了继承遗产去养老，那没遗产的老人呢？作为儿子，岂不是亏大了？所以我们的想法应该改变了，不要在传统的教条里转不过身来。

我真是醉了，这是我到麻路第一次喝醉，尽管如此，但还是想到一个问题——如果养儿防老是以接受遗产为前提的话，那没遗产的父母该怎么办？

养儿防老是血缘关系的本来，只谈作为人的本能和责任，不能说伟大。那天晚上，我回到住处也这么想了，但又觉得哪儿不对。几天后，我又想，还是想不起来不对在哪儿。可能是那天真醉了，当时想到的一些问题现在却想不起来。

真是个怪人。说些不是人说的话，迟早被大家赶出去的。我记得苏奴栋智说的话，我应该抽空去和他理论下。或许，他能帮我想起我想不起的那些问题来。

5

春去秋来，花开花落，日子像个巨大的高速飞转的轱辘，不断碾碎昨日，走向明天。车巴河边的风更大了，流水跌跌爬爬，少了昔日的张狂。洮河也收敛了夏季的叫嚣，柔和了起来。白天和黑夜交替的时间越来越短了，可我却觉得日子变得十分漫长。月黑风高的夜晚里，静静听着河水吼叫的声音，忍不住一声长叹。那样的夜晚，实在是太寂寞了。那样的夜晚，我要一分一秒等待着天亮。

麻路根本就不是天堂，是他们想错了。天堂从来就在心中，可心中的天堂又是什么样子呢？那样的夜晚，我想来想去，还是想不出心中的天堂的样子来。

天空蔚蓝，没有风，一团一团的白云漂浮着——它们不就是深冬里炸裂成堆漂浮而起的冰疙瘩吗？如果将大地和天空倒过来，想象也许就成立了。我为自己突然有这么神奇的想象而高兴起来，于是心中的寂寞和苦闷消减了不少。

不是天堂，也要视为天堂。我决定要转变想法，决定不再叹息，要下决心融入这个小镇子，成为小镇子上的一员，和他们一样买菜做饭，劈柴喂马，洗衣耕田。

首先要融入人群。人群最多的地方在哪儿呢？小酒馆？台球室？很快我又否定了。那些地方的人大多是漂泊者，融入其中，只能给自己带来更多的烦恼。可是人群在哪儿呢？我在扎古录小镇上来回走动，左右徘徊，还是找不到人群，我伤心极了。找人群都这么难，还谈什么融入？天堂依然是搁置在我内心的一个普通的名词而已。

这天，我在麻路一家蔬菜店门前停了下来。蔬菜店门前有四个人玩扑克，他们玩挖坑的游戏，玩得轰轰烈烈，无视别人的到来。我从中午看到下午，一直到他们散伙，然后各自回家。我想，这不是我要找的人群。

第二天，我在麻路小镇的一家洗车房前停了下来。洗车房门前也有四个人玩扑克，他们玩升级的游戏，玩得热火朝天，对别人的到来视而不见。我从下午看到日落，一直到他们散伙，然后各自回家。我想，这也不是我要找的人群。

第三天，我在麻路小镇的一家压面铺门前停了下来。压面铺门前同样有四个人玩扑克，他们玩十点半的游戏，玩得风起云涌，根本不在意别人的到来。我从上午看到晌午，一直到他们散伙，然后各自回家。我想，这更不是我要找的人群。

第四天，我在麻路小镇的一家小百货铺门前停了下来。小百货门前依然是四个人玩扑克，他们玩掀牛的游戏，玩得天昏地暗。我想，这次终于找到了要找的人群。因为我对掀牛太熟悉，也太热爱了，而且还有一整套属于自己的打牌理论，只要有三分牌，我就有信心把别人掀翻。

我终于找到了自己要找的人群，我不在乎那四个人的看法，就蹲在一边，认真看他们打牌。三人玩，一人坐等，如此轮流，这是掀牛最基本的规矩。旁观者清，但不能说，这更是玩牌的规矩。要想掀翻一人，其余二人必须做到天衣无缝的配合，可他们在配合上并不默契。我忍不住开口了。他们按我所说的出牌，其余一人果然被掀翻了。谁承想，被掀翻者怒气冲冲，摔牌不玩了。一人张口就来，输不起就不要玩。另一人也接着说，赢得起输不起，朝裤裆里摸一把，还是不是男人。被掀翻者彻底恼怒了,他双眼充血,跳起来大声嚷道,这么多年见过我小气吗?以后还玩不玩?你们怎么不说旁边多了一张嘴?他这么一说,其余三人都把凶狠狠的目光投向了我,我吓得一溜烟就跑到了车站。

车站里冷清清的,等完全没人的时候,我才拖着麻木的双腿,回到自己的住处。月亮都升上来了,我抬头看了看月亮,月亮也变得病恹恹的,我忍不住又长叹一声——属于自己的人群太难找了。

后来,我把这件事告诉给苏奴栋智听。苏奴栋智听了之后,并没急着说话,等他喂饱了他的鼻子,喝了一杯茶,才说,你不知道,麻路这个地方的人也怪得很,对多嘴的人不欢迎。对于过日子,各种人有不同的过法,麻路这个地方,最不欢迎因为一个人的多嘴而左右他们过日子的方法。多年前,就有一个人,因为他在不同的场合都要多嘴说几句,结果被人丢进洮河里喂鱼了。

听完苏奴栋智的话,我赶紧给他上茶。以后的日子还长,有些事情真的要好好向他请教才行呀。想想看,丢进洮河里喂鱼是多么可怕的事情。

6

我找不到合适的人群，也无法融入扎古录小镇这个大家庭里去，再次陷入苦闷和寂寞之中。

麻路真没有其他娱乐场所。水磨房我不想去了，因为怕太太保无休止的说教。小酒馆我也不想去了，因为我不喝酒。提起台球室，更是一肚子气，那个地方没人打台球，只是往死里喝啤酒。玩扑克的地方我害怕去，我怕挨打，更怕被人扔进洮河去喂鱼。静坐着等死一样，迟早会出问题的。可是能去哪儿呢？我抬头看了看天上的太阳，只见火红的太阳一边转动一边压碎四周厚重的乌云，最后跌进了西山坡。

应该去趟扎古录了。我想，买点牛肉，补点血气。买点韭菜，据说韭菜对男人的身体有好处。买点萝卜，萝卜是消食的好东西。还要买点胖大海，偶尔去林里吼几声，我怕伤了嗓子。总之，一定要去一趟扎古录了。

去扎古录镇坐车不用十分钟，步行要用半小时。我决定步行，或许路上能遇到一个朋友。刚走到盘桥村，果然遇到一个人，他也是去扎古录镇的。有个同行者，路途就变得短了许多。那个人叫班地亚，是刀告村人。和他一起行走，我感到很愉快，因为班地亚一路说着牧场上的事情。

自从那次认识班地亚后，我们隔三岔五总要见见面，说说牧场上的事情。当然了,我给班地亚也说了好多城市里的故事,班地亚并不喜欢听,他只喜欢唐朝喇嘛取经的故事。我把所知道的都讲完了,可班地亚还觉得不过瘾。我很开心,但也忧愁。唐朝喇嘛取经的故事已经讲完了,可我自己编造不出新故事来。于是我又去了扎古录,希望能搜集到更多和唐朝喇嘛取经差不多的故事,然后讲给班地亚听,因为我不想失去这个朋友。这个朋友比苏奴栋智好多了,至少他不吸鼻烟。

这天,我在扎古录发现有个叫乡村记忆的电影院,可惜门是关着的。这确实是个好地方,这么好的地方为何空无一人?

班地亚彻底爱上看电影了,而且他还拉拢了几乎村子里所有人。看了《静静的嘛呢石》《塔洛》《阿拉姜色》《冈仁波齐》,也看了好几部港片和外国商业大片。他们很兴奋,看完动作大片,恨不得立马变成铲恶锄奸的大英雄。看完《阿拉姜色》《冈仁波齐》,却忍不住哭鼻子,抹眼泪,同时感叹,这么好的地方,以前怎么就没发现呢?

扎古录的乡村记忆电影院彻底火了,这是我没有想到的。火起来的电影院很快又暗淡下去,这也是我没有想到的。后来的事情差点让我连命都没保住,这点更不在我的预想之内。

苏奴栋智告诉了我准确的信息,说村里人要来取我的命。

整整一个月，我没敢露面。

事情平息之后，苏奴栋智才把真相告诉了我。他说，村里的年轻人全部跑去看电影了，没人去牧场劳动，而且还要卖掉牧场上的许多羊，老人们慌了，大家找到班地亚，逼他说出了这件事背后的怂恿者……

我和班地亚关系那么好，相处那么和谐，但在关键时刻班地亚还是出卖了我。

电影院事件缓了下来，我再也没有见过班地亚。

快入秋了，天空空得令人发愁，河水清得让人心疼。我内心的惊悸也渐渐消失了，可我的日子又回到以前的苦闷之中。

车巴河日夜奔流，洮河像吃不饱的野兽，风像带着刀子的山贼，扎古录还是那个扎古录，并没有随风而动。苏奴栋智所言并不可信，据我观察，麻路的清静并没有被破坏，他们依旧沉醉在小富即安当中。风过车巴河，雪堵扎古录，当新的太阳照耀大地的时候，这里的一草一木仍旧享受着尘世的温暖。洮河滚滚而去，也并没有因为我的只言片语而改变它的方向。只有风，那风回旋在柏木林四周，大得无边无际。

2019.11　通钦街

三条河流

1

农历十一月初五，下了一夜大雪。天亮雪停了，路面上积雪足有七寸厚。村子沉睡了，鸟雀们也不见了影子。按照惯例，我的每一个早晨都是由鸟雀们吵醒的。住在村委会朝西的小二楼上，和住在冷藏车里没有啥区别。一个旧的生铁炉子，炉面烧得通红，依然难抵直入骨髓的寒冷。每天晚上，我将身子裹得严严实实，半夜里常常被冻醒，只能顾头不顾腚了。如此一来，每天早上起来的第一件事不是急于上厕所，而是整理乱如鸡窝的头发。在小二楼洗头需要极大的勇气，我只好将毛巾放在热水中泡一下，再拧干捂在头上，等张牙舞爪的犹如牦牛膝盖般的头发完全贴在头顶上时，才可以飞奔下楼，舒舒服服尿一泡长长的尿。

这样的日子已经好几个月了。起初有鸟雀的鸣叫，那么一段时间，它们甚至扇动着翅膀，飞到窗台上，叫我起来。然而，这一场雪让我彻底失去了那些可爱的小伙伴。其实，我应该在窗台上挂几串没有碾尽的穗子。现在才想起来，已经于事无补了。

小二楼对面就是茫茫林海，还好，一条叫车巴河的河流隔开了我和森林的直接来往，野兽偶尔从森林里跑出来，看一眼小二楼上的灯光，便又恶狠狠地返回到黑暗之中。隆冬一到，车巴河的声音就小了许多，它收敛住夏日的狂放，变得平稳而庄严。岸边堆放着柴火，也站立着青稞架。柴火是地方群众堆放在那儿的，让其自然风干，用于烧火取暖。青稞早已入仓，此时码在青稞架上的却是芫根和燕麦。大雪封山时芫根和燕麦就用来接济牛羊，给它们补充能量和营养。此时，便是大雪封山了，我没有发现有人去河边。雪地上十分干净，也没有任何动物的印迹，只有我深浅不一且拐弯不齐的脚印。

怕是一个月都不能出山了。大雪封锁住整条车巴沟，我的生命突然就变得寂寞起来了。

抱着火炉，听着车巴河的细声细语，望着黑压压的森林和群山之上的积雪，我又想起了那三条河流。住在那三条

码在青稞架上的却是芫根和燕麦

河流岸边的朋友们，此时也抱着火炉？桑烟煨着了？白塔四周的经幡还在烈风中不停念经？青春开始疯长？游人络绎不绝？想到这里，我兀自笑出声来。高原寒冬，冬雪封门呀。不过我还是坚信，最美好的、最真实的河流一定是在冬天。对夏日被过分装饰的河流我原本就不大喜欢，可我现在身居车巴沟而不能上路，冬日那三条河流的美好也只能停留在想象之中。有什么样的理由才能走出村子？有什么样的劲力才能走出冰雪封冻的大山？

都怪素日懒散，错失了许多机遇。也是素日只有念想，而缺少行动。现在好了，被封锁在车巴沟里，唯有无尽的怨恨。怨恨只能带来更多的倦怠与感叹。真的，我有点疲惫，只想美美睡一觉。我知道，我就是那只从课本里飞出来的寒号鸟。

深秋的时候，扎西叫过好几次，我的各种借口大概也伤了他的心。实际上，并不是抽不出时间，总想着落一层薄雪再去。现在看来，懒散让人有了妥协和借口，妥协与借口让各种想法胎死腹中，这是活着最不可原谅的。眼下的事情必须解决，留存的多了，就会有遗憾。有了遗憾，就会憎恨自己。期盼天上突然出现几只金乌来，让冰雪瞬间消失。然而，我面对的却是冰天雪地的现实，也只好抱着火炉，等鸟雀再次归来，冰雪彻底融化的那一天了。

2

碌曲县城东三十公里，即则岔石林景区入口处，有一个美丽的牧村——贡去乎。牧村四面环山，依山傍水；后面是开阔的草原，花团锦簇；前面有茂盛的森林，浓翠蔽日；三条河绕村而过，潺潺流水叮叮咚咚。那时候，我的目的地并不是贡去乎，而是深秋的则岔石林。

洮河在碌曲的意义不仅仅是传说层面上的那么简单。碌曲藏语音译为洮河,是从龙王宫殿流出的泉水的意思。早在新石器时代,羌族先民就生息繁衍于洮河一带。但碌曲在历史上的建置并不复杂,没有过多迁移的记载,更没有离开过洮河。属高原寒冷区的碌曲冬长无夏,春秋短促,平均海拔三千五百米。碌曲意为洮河,或许因为境内有黄河长江两大水系的支流八十多条。而贡去乎的三条河流仅仅是洮河的小支流。河流也是大动脉,而众多不知名的溪流则是毛细血管,它们一道翻山越岭,构成了山河之脉动,滋润着祖国大地。河流和人类家族一样,交叉着,分分合合,最后归于一处,形成更大的河流。

　　扎西的家就在这个叫贡去乎的牧村里。扎西大学毕业后又读了研究生,硕士学位拿到之后,他没有去城里找工作。扎西的父亲是本地牧民,没有文化,除了放牧,扎西就是他值得骄傲的谈资了。可是扎西没有去找工作,他的父亲很不高兴,以前见人就夸的语气也有所转变,甚至有无言的愤怒,愤怒里还夹带着看不起他的意思。扎西对他父亲也不似以前那么顺从了。当然,不是说他长大了,就不怕父亲,而是他对生活有了新的想法。扎西不像他父亲那样,他不愿将自己的思想圈定在这条沟里的牧场上。扎西看到这条沟里春夏秋冬都有外地人进进出出,他们或摄像,或画画;或成群结队,出没于山林之间,或踽踽独行,歇息于河流之畔。于是他就有了属于自己的新的想法。

当我在扎西藏家客栈里喝了两碗奶茶,吃了糌粑,突然就有了要多住几日的想法。

住几日,或许有意想不到的收获。扎西也是这么说的。

我告诉扎西我决定住几日,他就高兴了起来,且一口答应我,免费提供食宿。

扎西或许是无心说的,但他想了一下,又说,你要答应一件事,要带能写的人来我们村子,要真正会写的人,不要只会三脚猫功夫的假把式。

我听着就笑了起来,说,写还分真假?

扎西有点急了,有点结巴,说,以前来过几个,说是能写,白吃白住,结果啥都没写。

我说,人家或许真写了,你没看到而已。

扎西说,看到了,真是三脚猫功夫,那样的写作者你若带来,就食宿自理。

很显然,扎西是"自私"的,我后悔因为自己的冒失而做出的决定,同时也被扎西的坦诚深深打动了。

3

2018年6月,我和扎西刚认识。那次我的目的地是则岔石林。到了贡去乎，其实距离则岔石林已不远，但我还是停了下来，不仅仅为朋友的一片好心，不仅仅为贡去乎这个小小的牧村的美丽和安静。其实，我对扎西研究生毕业后，不愿走出这个牧村的事实产生了兴趣。

那天扎西的父亲不在家，他在牧场，还没来得及返回。

刚进贡去乎村，我就看到了一个小广场。广场旁边的山丘上有座白塔，白塔四周挂满了经幡。广场前方有条走廊，墙壁上画了八宝。站在走廊边上，我又看到了河。是三条河——热乌河、则岔河、多拉河，三条河流从三个不同方向在贡去乎汇聚一起，然后向北奔流，流入洮河，显得很壮观，却又不张扬。相比高山峡谷中的河流，不但谦虚，而且显得极为腼腆。

扎西这次听了他父亲的话，在家等我，同时还准备好了奶茶、酥油和糌粑。扎西的家在贡去乎村的最边上，房屋是按农区传统修建的，土木结构，全院转角二层楼。扎西身体很棒，他踩在楼梯上，楼梯就发出吱吱的声响。楼上房间很多，或单间，或标间，或三人间。每个房间里都挂有来自不同地区摄影师拍摄的照片，或雪山，或草原，森林，或河流，并且每幅照片下面都写了说明。房间里面干净整洁，装饰简单，大方静雅，且都摆放着一盆从草原上挖来的三叶草，这样的装饰是城市里的宾馆无法拥有的。楼门顶之上是很大的露天阳台，阳台上摆放着几盆长寿菊，几个木墩子，还有两个用树根做成的桌子。的确是用了心，扎西的父亲怕是永远做不到，也不会想到。

牧区人家，院子里没有杂物似乎是讲不通的。我还没有开口，扎西却不失时机地对我说，以前的老房子占地大，拆了之后就盖了这院房。旧房没有全拆完，留了几间专门堆杂物，就在后面。他一说一指，我便看到这院房的后面果然留了几间小房子，小房子门前还有一辆架子车，还有一堆牛粪饼子。

阿爸很不愿意。扎西说，好不容易读完大学，理应去外面闯荡一番。其实他们不知道，一份合适自己的工作很难找。假期里，我总是看到这里来很多人，于是就有了想法。实际上，若想吃一口饭，还是家门口方便。

扎西的父亲一生都在牧场，所有想法都绕着牛羊转圈。当然，扎西的种种想法，还是得到了家里其他人的支持，也得到了政府的帮扶，否则只能是春梦一场。扎西家拆旧房盖新楼也不过三两年，可这三两年的收入远远超过了十几年放牧的收入。幸福指数建立在大胆的想象之上，然后通过不懈追求和努力得以实现。理想必须践行，才能达到目的。我还想到了这一点，成功源于机遇。

4

走进则岔石林,已是我来贡去乎的第五天了。

天气晴朗,蓝天如玉。其间多次穿过热乌河,山路崎岖颠簸。则岔石林风景区自然以石林景观群为最了。石峰千姿百态,矗立于森林之中,争奇斗异。峡谷窄而险,阴森可怖。和所有景区大致一样,所到之处皆有石碑说明,也没有脱离各种神话传说。神话与传说在光阴的河流中不断被冲刷,有些地方已经不能自圆其说了。面对这样的景观,倘若还用那些神话和传说来解说,反而觉得乏味而牵强。唯一不同的是,则岔石林几乎所有景点都没有离开格萨尔王。格萨尔王在藏族的传说里是莲花生大师的化身,他一生戎马,惩恶扬善,除暴安良,统一了大小一百多个部落,是藏族人民心中的旷世英雄。

则岔石林深居峡谷,峡谷两岸陡石悬立,真像一座石头堆砌的迷宫。我们的先民面对如此之险地,脑海中便派生出许多妖魔鬼怪来,因而一生戎马征战的格萨尔王就应运而生,成了斩妖除魔的天神。那些因地质突变而形成的湖泊就成了格萨尔王的饮马泉,石柱成了格萨尔王的拴马桩,峡谷里险要的通道也成了格萨尔王一剑劈就的结果。热乌河贯穿整个则岔沟,在沟内蜿蜒而形成十八道河湾,本地人称之为

"十八道湾"。河流随季节降雨的大小或急或缓,但从未干涸,水流清澈见底,其上有水转玛尼经房,永转不息。

则岔石林是典型的喀斯特地貌,壁立悬崖之上,溶洞不少。一切都和格萨尔王有关。则岔沟口的那座大山叫护法山神,是格萨尔王派来镇妖的。山脚下有堆起的玛尼石,是祈求吉祥的。半山腰有个大溶洞,是格萨尔王一箭射穿的。神话传说赋予了这里一切,因而这里的一切就具备了不容置疑的神秘与神圣。据说,那个大溶洞里别有洞天,可以通向三个地方,长达上百公里。过去人们为逃避战乱,有人或许走过一段。假若真有上百公里,它的形成也只好交付于地质学家去解答了。

还是与格萨尔王有关。当地群众每逢初一、十五都要去那儿祈福。也是这个原因,有人在洞口不远处发现了大量的海生动物化石。我的两个朋友曾告诉过我,一切都是真的,因为他们也曾捡到过。我也听说过,某年秋天,广西某大学教授带学生来则岔考察,他们发现化石后,便开始在周边的村子里大肆收购,而且价格不菲。但因此地多次地震,洞内多处塌方,谁也不愿贸然进洞了。

我曾读过一篇科普文章,说青藏高原的形成分九个发展阶段。震旦纪、侏罗纪、白垩纪等的情况我已经记不清楚,而青藏高原曾是海洋一说,我却忘不了。碌曲属青藏高原东边缘地带，境内有黄河和长江水系的洮河、白龙江等主要河流，以及支流八十余条。亿万年前的情况，究竟谁能说得清清楚楚？科学家也无法完全解释。地质学家在青藏高原层层叠叠的页岩石灰层中，发现了大量恐龙化石和许多海洋生物化石，这虽然是科学证据，但依旧很难跟眼前的现实对接起来。现在说则岔曾经是海洋，甚至会引起当地群众的不满，因为他们看到的只有森林和石林。倘若将时间退到亿万年前，那不纯属扯淡吗？则岔石林溶洞中的化石在当地群众眼中，更多的可能是和天神有关了。早年来过这里的那些教授曾多次考察，其实我一直在等待，通过那些化石，他们能告诉大家关于大溶洞的真相。可他们收走化石之后，再也不见了任何消息。

5

随着旅游文化的发展，但凡有山有水有树的地方，都渐而被人们熟知，何况则岔石林是碌曲县主打的景区之一。扎西聪明的一点就是就地取材，因地制宜。只有十二户人家的贡去乎被世人皆知，就源自扎西藏家客栈。

藏家乐的出现，升级了牧区经济形态，使藏区自给自足的自然经济，开始向市场经济转变，传统的牧业也开始向现代商业迈进。一定程度上，藏家乐的出现改变了牧区的产业结构，推动了传统牧区经营方式向现代多种经营方式的转变，成就了牧区产业发展的一次结构性飞跃。这种转变看似缓慢，但渗透性极强。多少年来，生存在洮河沿岸的农牧民，一直沉醉于传统的耕作与放牧中，不是不思进取，而是求新求变思维方式的形成，需要一定的时间，乃至机遇。牧民自古逐草而居，他们的理想和追求都是在马背上完成的。要他们用很短的时间接受新理念，是不现实的，不仅要渗透，还要灌输，这是一个必需的过程。扎西能很快走出落后的传统观念的窠臼，求新求变，与他接受完整的高等教育密切相关。知识改变命运，在扎西这样的新一代藏族牧民身上体现得尤为显著。那么，我们也就没必要苛责扎西父亲那一代牧民了。

扎西藏家客栈的兴办与成功，除了他的大胆设想和政府的扶持，其主要原因还是占有了先天的优良环境。贡去乎村位于碌曲县东北部三十公里处。想去则岔石林，贡去乎你是无法绕过的。

扎西告诉我说，贡去乎全村草场面积八千五百多亩、林地面积一百三十多亩、耕地面积二百二十多亩，除了牧业，没有别的经济来源。而牧业收入也很有限，大家只能另想办法。往往是有困难就有机遇，机遇就在困难的夹缝里存在着，平时不显山不露水。扎西说藏家乐的兴起实际上也是举步维艰，但他们不能失去机遇。一个人富了不算富，要大家一起富起来。大家一起积极创建经济实体，全村群众的生活水平才能不断提高，农牧民增收的目标也就实现了。我心里有数，自然不大理会扎西所言大的政策的宣传和要求。他能打破传统观念，放弃进城工作，一心扑在改变家乡的整体面貌和族人的观念上，我很佩服他。

进则岔石林，首先要进贡去乎。贡去乎在热乌河的臂膀里，真成了世外桃源。有水流的地方一般不缺灵动，何况这里有三条河流汇聚。热乌河、则岔河、多拉河，它们或来自贡巴，或来自尕秀，或来自郎木寺波海，但它们毫无选择地在贡去乎汇合一起。无论地理位置，还是环境条件，贡去乎自然胜出一筹了。

热乌河在则岔沟蜿蜒十八弯，十八弯所经之处山形奇特，森林茂密，河水潺潺，格桑盛开，河谷中空气清新，这样的具有原始风味的旅游处女地，谁不喜欢呢！有水，山就有灵了。穿过热乌河，沿小路前行，三条河流便各自去了一边。极目远眺，千里草原平铺，唯河流在阳光下熠熠生辉。则岔石林之景观气象万千，雄伟壮观。蓝天白云下，黛青色的森林绵延于山峰间，加之大小不一的各种溶洞，以及岩壁之上表现各种传说的壁画，这里的一切很难逃脱与神话的纠缠了。

那天，我和扎西坐在门楼顶的露天阳台上，喝奶茶，吃

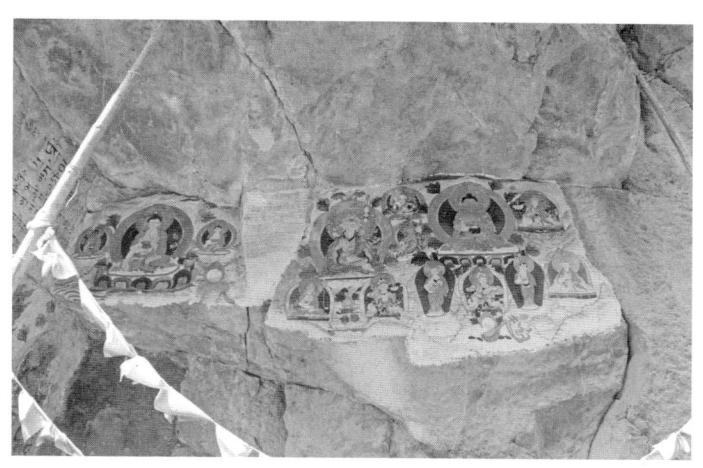

岩壁之上表现各种传说的壁画

糌粑，说着理想的伟大和追求的空茫，说到千万条路而唯其一条不能选择的艰难时，都有点激动了。三条河流送来的清冽之气和陶然轰响，令我们忘却一切，只沉醉于眼前的美景之中。"耳得之而为声，目遇之而成色。取之无禁，用之不竭，是造物者之无尽藏也"。若为己有，那个贪字就写得有点太大了……

此时，却是寒冬腊月，却是大雪封山。看不到行人，也听不见鸟鸣。坐在朝西的小二楼上，抱着火炉，心有愧意。答应过扎西的，一定要去。那么现在就动身吧。哪怕大雪深埋我的足迹，而三条河流依然会带我抵达诗意的前方。

2020.1　龙多村

洮河源笔记

1

出永靖县城,沿东行七八公里,过黄河至南端,再沿一条盘山公路行至龙夏寺,便可到龙汇山了。龙汇山背靠刘家峡水电站,四处山环水抱,悬壁峭立,树木郁葱,峡谷幽长。黄河之水静卧峡谷之中,碧绿如玉,温润可人。东南浅谷之处,高家山与雾宿山碰头,洮河与黄河汇合,两山之势似巨龙腾飞,两河之水如二龙戏珠,其景观实为罕见。

洮河是黄河上游右岸的一条大支流,东以鸟鼠山、马衔山、渭河、祖厉河分水,西以扎尕梁与大夏河为界,北邻黄河干流,南以西秦岭迭山与白龙江为界,全长六百七十多公里,流域面积二万五千多平方公里。在黄河各支流中,洮河

洮河与黄河在这里相汇

年径流量仅次于渭河。洮河的支流很多，它们散流于各地，且流且汇聚。洮河流域南侧为降雨丰富、植被完好的青藏高原东北边缘的甘南草原，北侧为干旱少雨且水土流失严重的陇西黄土高原。南端河流清澈见底，流经黄土高原之后却变得十分浑浊。上游那种水清见底、河道稳定、水流平稳的态势也消弭于无形了。

黄河静卧在刘家峡水库，波纹层层，金光闪动，水绿得如荫，蓝得似宝，绿蓝交汇处，让人记起"春来江水绿如蓝"的诗句来。洮河之水悄然汇入，却显得格格不入了，不过洮河算是找到了大家庭。洮河在这里不再是小家碧玉，也不是大家闺秀，而是一股浑浊的黄泥汤。相汇处，像把一桶黄油倒入一摊碧水中，像两种难以调和的颜料。这两种难以调和的颜料经千回百转，反复糅合、渗透，于峡谷中漂流，最后才不见了浑浊，于盛大之水库中完全融为一体。

从龙汇山俯视，二龙戏珠之态尤为壮观。为看洮河与黄河的入汇，我辗转许多路程。十年前的永靖县与今天的永靖县不可同日而语，它的变化令人不辨东西，也找不到南北。洮河汇入黄河是河流发育的自然规律，它给予我们生存保障的同时，也带给我们极大的福利，民生得到改善，河流的价值也得到空前的发挥。

太极岛在盐锅峡上游，黄河一向东流，桀骜不驯，出刘家峡后便奇迹般地形成"S"形大转弯，然后又蜿蜒西去，这个很大的"S"在盐锅峡前蓄久成湖，状如太极。祖国的土地上，像太极岛一样的自然景观便不值一提了。然而，太极岛却赐予永靖人民无尽的福利，四周之村也利用此地之美名，兴建农家乐。

太极岛在祖国大好河山中，有点徒有虚名，而太极岛附近的农家乐却货真价实。农家乐集中在永靖县枣园新村，那里不但风光优美，而且还是永靖红枣的出产基地，枣园红枣个大、色艳、皮薄、肉厚，畅销省内外。

沿十年前模糊的记忆，我还是找到了那个地方。早些年的枣园新村大部分为仿古砖木结构，加以精美的临夏砖雕为烘托，很具地方民族艺术之特色。可短短十年，这里却发生了很大的变化，曾经的古旧建筑基本与各大景区的现代建筑趋于一致了。欣慰的是枣林还在，且林荫蔽日，香满枝头。除此之外，便是美食了。这里的农家乐竭力打造的是洮河鲤鱼。为洮河鲤鱼，我几乎挨个打问十年前我曾到过的那处农家乐。总算是找到了，然而十年光阴下，早已物是人非，原本年轻漂亮的老板娘早已肌肤松弛，但她那毫不示弱、争强好胜的性格一点都没变。鱼只有她家的好，饭只有她家的香，枣只有她家的甜。她家原有的老院子也没有变，那套完整的四合院被枣园包围着，从外面很难目睹其全貌。只是以前的外院有所变动，枣树挖掉了不少，而且多出了好几间具备现代流行样式的餐厅。

十月天，永靖还不算凉。餐厅里除了桌子、沙发、音响和电视，还有一个生铁炉子。炉火正旺，使人倍感温暖。一排枣树站在门口，端正的树干直入云霄，而调皮的斜枝偏偏垂于餐厅门口，枣早被打光了。满地都是，但都裂开了皮，倒是可惜了那些皮薄肉厚的枣子。

老板娘早认不出我来，但她和十年前一样，给我介绍所有菜单上的美食。说到鱼，更是油嘴滑舌。是的，要吃鱼。常居洮河岸边，最珍贵的金片鱼和石花鱼也吃过不少，鲤鱼是看不上的，然而到这里，却又分外想吃。最为常见的洮河鲤鱼在这里能卖到天价。天价的东西都是好的吗？很多时候，我们的确难以说服自己扭变了的心理，也是因为这种扭变的心理作怪，一生之中，亏待了不少肠胃，附和了不少生意人的损招。

洮河鲤鱼在刘家峡水库区显得尤为珍贵，这是没有道理的，可生意人却能说出你无法驳倒的一大堆道理来。还好，多年前的味道依然还在，枣子也吃了不少。洮河鲤鱼翻山越岭，在黄泥汤中连打带爬，被我们吃掉，到底还是不幸啊。然而，但凡存在于自然界中的各种生灵，都无力逃出自然固有的食物链法则。

2

洮河是一条与华夏文明起源关系十分紧密的河流，它跌跌爬爬，跨越了两大高原，既有农耕文明的传承，也经历着游牧文化的变迁。

洮河过黄土高原后，从高处一下跌进平缓河谷的盆地之中，气候也由青藏高原的高海拔、低气温、太阳辐射强、地域差异大的高原山地气候一下转入到冬季寒冷干燥、夏季炎热多雨的温带大陆性气候，它狂放的秉性也有了很大的改观。青藏高原多为草地和森林，宜于放牧和狩猎。到黄土高原后，因其气候和环境更利于农业发展，因而中游地带的洮河流域是农耕和人类密集地。若要追其渊薮，大概到几千年前了。马家窑文化、寺洼文化的核心地带就在洮河中游，目前发现的中国最早的青铜器就在这里出土。马家窑文化和寺洼文化的出现，足以证明洮河在华夏文明史上的地位。

洮河径流之处因地域的不同，伴随而至的是物产的不同和人情风俗的各异。物产亘古不变，风俗的演变却随着社会化的进程而不断变化。

我去洮河中下游的洮砚镇，是因为我曾托镇上的洮砚匠人刻了一方洮砚。洮砚石是从离洮砚镇十里开外的喇嘛崖捡来的，其石方正，纹理清晰，碧绿如玉。九甸峡工程启动之

洮河上游

后，这一段恰好成为库区，大量农田被淹没，人家均已搬迁，盛产优质洮砚石的喇嘛崖也被葬于水底。喇嘛崖被淹之后，一石难求，就连不是出自喇嘛崖的洮砚石也身价大增。我所捡之石，的确具备一流的石质和水纹，是喇嘛崖的老坑石无疑，只可惜有点小了。

朋友弄文舞墨，并非无砚而不成字。洮砚石自唐代成名，一直都是皇室文豪、富商巨贾才拥有的宝贝。答应过朋友要送一件礼物，那块大如手掌的洮砚石再好不过了。

洮砚镇居洮河之滨，偏居山底，交通不便，却集中了雕刻洮砚的大小匠人。从喇嘛崖回来，我怀揣宝贝，便走进了一家挂有雕刻洮砚牌子的人家里。匠人四十开外，神情和睦，语言客套。院子不大，除了堆放的洮砚石，种满了蔬菜。一女子在菜地躬身劳作，并不抬头张望客人。也是习惯了，这里虽然依山而居，依水设座，但陌生人层出不穷，都是为石头而来。石头具有不菲的价值，实则也是人情比石头轻了许多，人心却比石头重了不少。

不用说，我的确捡到了一块好石头。匠人拿在手中，眼中尽放羡慕甚至嫉妒之光。

因石头太小，做不了大件。不过越是小石，越能考量匠人的手艺。匠人建议做成鱼砚，因其形适合雕鱼。我是行外人，一切悉听尊便。石头就那样放在了洮砚镇一农户家，差不多都忘掉了。几月后,他打来电话,说雕好了砚台。再几月后,我才抽出时间去了一趟洮砚镇。

洮砚镇赶上了乡村振兴建设,到处开挖,如果没有匠人的电话,怕是很难找到他家的。巴掌大的一块石头被雕成两条活灵活现的鱼,叹为观止,而后便是爱不释手。

洮砚镇从来就不缺匠人,雕刻大师出过好几个。卓尼县和它的邻县岷县好几年来为洮砚之乡争得不可开交,实际上都临洮河而居,说洮砚之乡,除了洮砚产地之外,当然包含了雕刻大师的存在。地方将洮砚雕刻艺术列为非物质文化遗产,然而却没有很好地保护。卓尼县有好几个洮砚雕刻大师就被岷县挖走了,听说给予的待遇特好,后来将户口都转了过去。就此事我也问过匠人,他只是微笑,避而不答。

一块石头变成工艺,其间浸满了挖石人和匠人的心血,也倾注了收藏人的眼光与鉴赏水平。不过到常人手中,也只是块石头;到收藏家手中,就成了工艺品。总之,是不能当饭吃的。匠人的话很受听,也道出了石头的不同命运。说话间匠人的儿媳妇已经做好了饭。别去数月,那个在院子里躬身而作的年轻女子已身怀六甲了。她叫贡姆草,是洮砚人,聪明伶俐,尤其做得一手好菜。

院子里的菜都长滥了,吃不完。南瓜毫无节制,十分淘气,枝蔓一直爬到了冰糖梨树的顶端去了。贡姆草炖了南瓜汤，同时还爆炒了一只土鸡。她从小在洮砚长大，对其种植十分熟悉。饭间她说起种田一事，却不大乐观，说洮砚人已很少种庄稼了，不是产量的问题，从头至尾要雇人，劳动成本太高了。村里都不养牲口，机器作业多快好省，成本却不低，因此山梁上的田地都改种了树木，川地只好种药材了。贡姆草笑着说，生活越来越好了，然而不种庄稼，人心却越来越空了。洮砚石再度兴起后，来寻找石头的人就多了起来，于是我们就开了农家乐。前来吃饭住宿的人多了心里就踏实，人是要忙点的，闲了就会多出许多是非。而实际情况是，人依然少，我们不得不闲起来呀。你来得不是时候，都忙着挖党参，否则住上那么几日，肯定能找到许多好东西。我不知道她所说的好东西指何物，但我真的想多留几日。而我的实际情况也是如此，饭吃了，鱼砚也拿到了手，那么就该离开了。

离开洮砚镇，沿洮河向东行至四十多公里，果真见到川地里有许多人挖药。党参是好东西，能补中益气，健脾益肺，味甘，性平，芳香无比。

今年雨水足，党参大，价格也好。田地里挖党参的一个约五十开外的人走到我跟前，和我搭话。

看你不像是过路人，是帮扶队干部吧？他笑着问我。

我也笑着回答他，真是过路人。

他打量了我一番，又说，帮扶工作队爱来地里看，可他们管不了市场行情。

市场行情怎么样呢？我问他。

他笑着说，很简单，就是和药贩子们斗智斗勇呗。

怎么斗呢？我问。

他说，水涨船高，那都是药贩子们哄老百姓的。药贩子们就盼我们翻船，然后当个水手，救我们上岸。大恩不言谢，但要让你永生记得。

都说洮砚出人才，一个挖党参的农民竟能说出如此惊人之言。早年喜好武侠，看《笑傲江湖》，也恨不得成为一代侠客，为国为民，劫富济贫。也记得书中有言，武当山下的农民个个都是了不得的剑客。一切并非虚构，而是身处不同环境，多点生存手段和能力是多么的有必要呀。与此同时，我也记起徐文长巧对杭州知府的故事来。

很简单，但有趣。故事是这样的：

有一日，大才子徐文长在杭州西湖吟诗作画，杭州知府听说后要和他比试一番，于是带徐文长在苏堤上散步。知府一指保俶塔，出了上联：

保俶塔，塔顶尖，尖如笔，笔写五湖四海。

徐听后并不回答，只是指了指锦带桥，向知府拱拱手，又两手平摊，向上一举。知府见徐无言以对，心中暗喜，又带他到钱塘江边，指着六和塔，再出上联：

六塔重重，四面七棱八角。

谁知徐依然未答，只是扬了扬手。这下知府更是得意忘形了，他说，久闻先生才高八斗，原来是徒有虚名，腹中空空也。徐不慌不忙，说，徐某早就对好了下联，大人为何不解？知府听后勃然大怒，以为徐在愚弄他。徐不紧不慢地说，大人息怒，你仔细想想我刚才的手势，难道不是下联吗？知府认真一想，不禁哑口无言。

原来徐所对的两副下联是：

锦带桥，桥洞圆，圆似镜，镜照万里九州。

一掌平平，五指三长两短。

我和他之间只寥寥数语，没有什么精彩可言，更没有恃才放旷或机智勇对，但他一语道破了眼下的现实。

洮河中游沿岸都不种庄稼，传统农业渐而被遗忘，多半农具都不知去向，人们在寻求新的发展道路，新的市场应对方式就不可避免呼之欲出了。记得老家也种了几年药材，有年药材好，但有市无价，药材不好的那年，价钱却分外高。农民哪里晓得经济杠杆的平衡和市场供求之间的原理呢。大家只想着投入的劳动成本，而忽略了市场的供求关系。

拿几根回家炖尕鸡娃吧,党参能补元气。他见我不闻不问,便旁敲侧击提醒我。

我让你的话吓住了。我回过神来,笑着说,买点吧,拿就不合适了。

他很知趣,也笑着说,那你拣粗大的。

坐在车上,沾在掌心的党参乳汁之香时刻提醒我,千万别忘记了,要用党参炖只尕鸡娃,应该补补元气了。

3

下午时分,到了藏巴哇。藏巴哇位于卓尼县东北端,北接渭源县,东连漳县金钟乡,西以洮河与临潭县羊沙乡为界,南与洮砚镇柏林乡接壤。藏巴哇土著居民多,均来自后藏(日喀则),其口音十分纯正。

藏巴哇有我的一个铁匠朋友,也是好多年未见了。从包舍口燕子坪北端进入,即可到达九甸峡。藏巴哇就在九甸峡。九甸峡蕴藏着丰富的水力资源,高耸险峻的高山峡谷为修建水电工程提供了得天独厚的条件。也因如此,2002年12月,甘南州有史以来规模最大的水利枢纽工程——九甸峡水利枢纽开始修建。此工程的开建可谓造福一方,然而也带来了洮河中下游许多村子的整体搬迁。这一带在历史上都以农业为主，农耕文明在传承的过程中，匠人们也是与时俱进。我的铁匠朋友由最初的钉马掌也渐而改为打制铁勺之类的器件了。可是后来马匹越来越少，犁铧、镢头等物渐渐退出了农业耕作的范畴，工业的快速发展取代了这一带农业的传统形态，加之库区移民搬迁，我的铁匠朋友在光阴里没有坚持到最后，就失业了。他的砧子、锤子、风箱等都被送进了洮州民俗展览馆。已经成了过时的匠人，但他似乎无法接受这样的事实，由初期的自我满足沦为如今的空虚，除了念旧，我再也不知道他的心里到底想着什么。

见到他的时候，彼此间少了寒暄，多了沉默。我想，他再也抡不起铁锤，何况昔时的壮实风采已经不在了，火花四溅的日子对他而言就是永不复返的美好回忆。

他家的格局没有多大变化，但门口那间铁匠屋依然没有拆，大门侧边的那间小卖铺也还在。变化了的只是铁匠屋变成了堆放杂物的小仓库，小卖铺没有了那些小百货，改成了居室，供人住宿。整个上房全空着，他说，孩子们都出了远门，和老婆就住门口。

我依然记得，许多年前他酷爱文字，写过如何打铁，如何将一根铁棍打成马掌和钉子等。破旧的笔记本上剪贴着几十年前的报纸，他对那些爱不释手，可那些东西终究没有让他的手艺留下来，也没有改变他作为匠人的命运。

门外那间被视为客厅的小屋里,除了炕、桌子、沙发,还有电视和话筒。他弄了一套唱歌的工具。我的铁匠朋友除了打铁,除了偶尔写点小文章,还特别喜欢唱洮州花儿。

洮州地域广大,民俗节日众多,也有专门的花儿会。可如今唱花儿的人少了,和民俗有关的节日也渐渐失去了几十年前的红火。想必我的铁匠朋友也是有喉而无处歌了。在和我聊天的同时,他便拿起了话筒。大概是有点不好意思吧,他放下话筒,又从橱柜里拿出一瓶酒。酒一开瓶,话就多了起来。从最早的学习打铁开始,一直说到出师而独立门户。的确也是打得一手好铁,那时候,远在七八十里外的人们都前来钉马掌,或是打制切刀、镰刀、勺子。出自他手的东西不但钢口好,而且还轻巧好用。铁匠的衰落并不代表铁器的衰落,铁匠的衰落恰好说明了铁器发展的快速进步与鼎盛。工业文明不断发展,传统的手工作坊终究要被取代,这是铁定的事实,从近十年洮河沿岸人们的使用工具上可见一斑。我的铁匠朋友何尝不是明白人呢?

洮河中下游因九甸峡工程而搬迁了许多村子,河水上涨很快,几乎是一夜之间,亲人和朋友就天各一方了。洮河两岸田地和山川都不见了影子,低处的野毛桃也沉入了水底,展现在面前的却一汪湖水,有些许哀愁与荒凉。想当年,我的铁匠朋友隔岸唱几句,对岸就会有应答的。人在岁月深处活得愈久，念旧之情就会越重，所谓叶落归根，其意义莫不如此。

那夜，我的铁匠朋友显得十分沉重，说到许多旧话题，都抹了好几把眼泪。一个在洮河岸边磨砺了几十年的钢铁汉子，还未到知天命的年纪，却过早显出了古稀之年的茫然与无奈来，到了如此地步，岁月之刀怕再也无力给他镌刻沧桑了。现代通信工具的便利，更让他的内心多出了言不由衷的伤感。那是大家共有的情愫，是看不见也摸不着的东西。正是因为看不见、摸不着，它碰撞内心最柔软的部位的时候，才倍感疼痛。

快到半夜的时候，他有点失态了，吼叫着要去洮砚镇上唱歌。

很久以前，许多村子还未搬迁的时候，迪斯科风靡乡村。洮河中下游一带，人们在生活方式和情感交流上较为开放，村里有好几个舞厅，也有专门供人喝酒喝茶的地方。舞厅是腾出来的一间空屋子，只是挂了几盏彩色灯泡而已。舞厅和卡拉OK的流行，迫使许多能唱洮州花儿的年轻人都改行了。大家唱流行歌的时候，我的铁匠朋友依然唱花儿，并且唱得死去活来。我曾有过千万种想象：他只身一人去荒野吼几声，空旷的荒野和山谷里无人应答，只有孤独寂寞的回声，怀念与伤感将他弄得遍体鳞伤，内心的惆怅与牵挂已将他打得一败涂地。

我的铁匠朋友终于再次拿起了话筒,此情此景让我悲恸泪流。

> 真情像草原广阔,
> 层层风雨不能阻隔。
> 总有云开日出时候,
> 万丈阳光照耀你我。

《一剪梅》充满了悲恸的同时,又回荡着光明和温暖。但他终究没有唱下去,他的嗓子哑了,哑得只剩下哽咽。

当第二天的阳光将我们同时照醒的时候,我的铁匠朋友露出了害羞的笑容,他说,昨晚喝多了,也失态了,不过真的很高兴。

吃完午饭后,我们去了九甸峡水库。

九甸峡以峡中九座山巅而得名,自古以来为甘川古道之捷径,行人商旅历代络绎不绝,其东有白石山,西有莲花山,洮河夹在其中,峡内巨石相叠,洮水激流勇进,惊涛怒吼,巨浪滔天,十余公里的峡谷内,苍松翠柏高耸入云。九甸峡水利枢纽工程开工后,这里便成为库区,巨浪滔天的洮河之水突然停止了奔流,在峡谷里形成一面碧玉般的狭长的天然

洮河之水突然停止了奔流，在峡谷里形成一面碧玉般的狭长的天然巨镜

巨镜。

沿公路到山顶，九甸峡尽收眼底，河水静止不动，河面狭长无垠。

远远的河面上整整齐齐漂浮着摆放成井字形的长箱子，不知为何物。我的铁匠朋友说，九甸峡变成水库后，来这里养鱼的人很多。他懂得比我多，他说那叫"网箱养鱼"，在九甸峡兴起的时日不长。他见我茫然四顾，便又说，就是将网片制成箱子，箱子要结实，一排排固定起来，然后放到水里，让它随水位的变化而漂浮。当然了，洮河鱼很少养，养的全是金鳟鱼和虹鳟鱼之类的价格很贵的鱼。有本地人养过，但效益不好，后来都转让给了外地人。外地人有经验，经营得好，赚了大钱，否则这么多年就不会待在这里。

山顶上风很大，几乎能把人刮倒。山顶上建有观景台，三三两两的路人来此拍照留影，之后便匆忙赶路，山下藏巴哇的农家乐里到底有没有客人，那些客人来此吃不吃鱼，就不得而知了。

一条公路从洮砚镇盘山而上，过藏巴哇，直通莲花山脚下的莲麓，之后又分成两路，西去洮河最大支流之一的冶木河所在地冶力关，北去临夏康麓。太阳偏西的时候我和我的铁匠朋友就此道别了。

我说，很快我们还会见面的。

我的铁匠朋友点了点头，神情茫然，他说，最好是野毛桃结果的时候，我们唱花儿给毛桃听。

其实，我和他已经有好长时间没有见面了。没有他的任何消息，我不知道洮河水涨高了没有，更不知道，残留在沿岸高处的那些野毛桃是否结了果。

4

卓尼县到岷县只七十多公里，两个小时足够了。从卓尼县出发时，我给岷县的几个朋友打了电话，并嘱咐他们，不要等我吃饭。洮河沿岸民风淳朴，人情大方，就算到普通老百姓家去，不吃一口是不会让你出来的。然而路途上的事不随个人意愿而改变，况且我找朋友的理由不在吃饭。

卓尼县与岷县均属洮河中上游，是典型的农牧接合地。不同的民族，不同的信仰，不同的生活方式，甚至说话口音都有很大的区别。婚丧嫁娶等大的民情风俗上有许多相近的地方，细枝末节处又有各不相同，但热情好客是共同的。

民族的融合使风俗和习惯也相融相杂。随社会化进程不断走向文明的同时，有些具备地方特色的传统习俗却正在悄然消失。比如丧葬、嫁娶、地方戏等，或走向消亡，或逐渐向简单化演变。但有一样东西没有消亡，那就是赌博。所到之处，皆有所闻，办丧事期间尤为严重。深居洮河沿岸四十余年，我了解乡村的那些隐秘，也知道牧区的情况，大致如此。物质的不断富裕带给我们更多的则是高于物质的追求。说高尚点，是希望。说低俗点，是贪欲。希望和贪欲原本难以分辨，无法做到彻底的分开。控制贪欲的似乎只有神了。而神是什么？约束？准则？都不完全对。我想，在某种特定的境遇下，人担心和害怕的实际上还是报应。其实，所有一切皆属心理范畴，是自我内心的空虚而已。

农牧区接合地的每家每户都供奉着家神。家神是干什么的？当然是为保佑平安。这只是心理上求得平安的一种方式，是自我生活中对所做之事的权衡和掂量。同一家中，可能有不同的信仰，但不矛盾。这个现象很奇怪，几百年来都无法丢弃。民族的融合让不同的神也开始和睦相处。来自不同地域，不同民族所供奉的不同的神，有可能平起平坐于同一家堂屋里。卓尼县到岷县这一带，我就见过这样的好几家。

祭祀活动是农牧接合地最为重要的一项活动，这在洮河中上游愈加明显。牧区一般认为神灵聚族而居，且在高山之巅。但因洮河中上游经历过多种民族的统治，各个民族的风俗都有所遗留和继承，因而这一带农区也祭祀山神。山神成为共有的神，民族间的和谐与融合之速度就更快了。

沿途因为各种原因，耽误了许多时间，岷县的朋友们等不及了，电话接二连三。晚上八点过一刻，终于到了岷县，然而与我的想象有着十分巨大的差异。车子根本进不了城，原本四通八达的路全被挖断了。朋友们开始焦急，口吻中明显带着不高兴。我索性在电话中拒绝了与他们相见，因为十点半了，我还在城外转圈。新城客满为患，而旧城又进不去。十二点多的时候，穿街摸巷，终于找到一家很小的旅社，所有心思烟消云散，只想倒头大睡。可朋友们已经到了旅社门口，我只好下楼。

外面下雨了，不大，但会打湿外衣的。不知穿越了几个巷道，跨过了几条大沟，一点多，到了一个叫"巷子酒馆"的地方。名字好听，环境也不错，只是没有最初的那份雅兴了。朋友们也觉得不好意思，当然一切来自我的感觉，那种感觉来得快，消失得也快，一会儿便又高谈阔论起来。或诗或文，各抒己见，不大的"巷子酒馆"里充满了吵闹的声音。

洮河中游盛产青稞，酒自然是青稞酒。酒过三巡，更是无话不谈。说起洮河，愈加兴奋不已，并异口同声强烈要求我多住几日。说既然到了岷县，又是沿洮河行走，不上一趟二郎山是说不过去的。

二郎山位于岷县城南，背靠岷山玉女峰，南傍洮河。二郎山原名金童山，据志书所记，宋代此山上就已有"金童祠"。洮河之北的岷山上有"玉女祠"，金童玉女，遥遥相对。

上游的青稞熟了

二郎山之名则因最早在城南金童山上修建"二郎庙"而来。

公元前214年,秦始皇遣大将蒙恬率三十万众筑万里长城,西起临洮,东至辽东,延袤万余里。据《元丰九域志》载:"熙州(现定西临洮)无古迹,秦长城在岷州界。"唐代的《元和郡县志》、宋代的《太平寰宇记》、明代的《读史方舆纪要》和今人王国良的《中国古长城考》等各种文献都认为:"秦长城的起点在岷县。"二郎山上发现的秦长城遗址更是有力的证明。二郎山上还发现有多处古代墓葬,除宋墓、明墓之外,西北坡尚有汉墓群存在,同时还出土过长度在半米以上的巨型秦瓦。丰富的文物古迹,充分反映出二郎山悠久的历史和丰富的人文内涵。除此以外,被人们牢记的就是著名的二郎山战役了。

谈笑间,从未谋面的朋友带书、带牛肉闻讯而来,休息只是一种妄想了。李广平先生一边摇头叹息,一边说起三十年前的千里洮河探源记来。我们立刻缩小了圈子,认真听他说三十年前的旧事。

1987年6月21日,几个有志青年创办了一份民间文学刊物《洮河魂》,办刊期间突发奇想,要去找洮河源头。于是几个人一拍即合,经过十几天的悉心准备,终于组成了五人自行车"洮河源考察队",从岷县出发,像壮士一样,奔向预想的目的地。当时有许多朋友送至岷县西寨的野狐桥边,为他们壮胆送行。一路坎坷，住学校教室，住牧民家里；过山川，蹚河流，风餐露宿；听涛声阵阵，看青稞点头；八天时间抵达甘南州碌曲县，距离洮河源越来越近了。他们临行前去岷县团县委找熟人开了介绍信，以防不测。也正是那张介绍信阻止了他们去洮河源的步伐。

到达碌曲县后，他们怕了，因为沿途听说这里地广人稀，高原无人区狼成群结伙，于是就去碌曲县团县委请求帮助。谁承想到，当他们一进碌曲县委大门，就被人扣留了。原来，他们前脚一出门，家里就乱套了。家人找县委要人，县上料定他们会去碌曲县团县委，因而给碌曲县打了电话，并派人过来接他们回家。五人自行车"洮河源考察队"以轰轰烈烈的出发开头，却以无声无息地回来宣告结束。其间有三人受到公司的严厉批评，甚至停职反省，写检讨。原因是请假未告实情，纯属欺骗组织，罪行很大。

李广平说到动情处，神情凝重，语气恳切。他说，虽然未曾到达洮河源头，不过县上领导见大家如此热血澎湃，就带大家到尕海湖转了一圈。

我知道，尕海湖由郭尔莽梁和西倾山北坡的忠曲、琼木且由、翁尼曲、多木旦曲等河流补给，并通过周科河外泄，最终在碌曲以西汇入洮河。周科河是洮河南岸一级支流，也是洮河上游的支流之一。

李广平又说，总之算是到了上游，也见到了广阔的草原，一桩心思就那样在尕海闪动的湖面上消弭无形了。

绷紧的神情松懈了下来，也觉得疲倦了。实际上李广平并没有说出我所关注的有关洮河源的任何消息。所谓五人自行车"洮河源考察队"只是一时兴起，并没有实质性的计划和目的。或者，他们的初衷也只是为《洮河魂》那本民间文学刊物补充写作素材而已。无论如何，对李广平他们我还是特佩服的。三十年前，仅靠自行车，十几个罐头，一顶帐篷，说走就走，至少我到现在都是无法完成的，甚至都不敢那么去想。

那个年代流行探险，也盛行自我挑战。也或许是那面写了"洮河源考察队"字样的旗帜，给予了他们前所未有的信心和砥砺前行的勇气吧。

因为过多的惦记和青稞酒的作用，早晨七点我就醒来了。说好和朋友们一道吃完早点就去二郎山的，现在看来只有对不起朋友们了。对我而言，接下来的路还很长，需要鼓足勇气，山一程水一程地去跋涉。也因为此行程，我只看低处的河流，而未曾想过要眷恋高处的美景。

5

卓尼县到扎古录镇只需一个多小时，可行至术布洮河大桥时，才知道前方正在修路。过了大桥，水泥硬化的县乡公路就不见了影子。挖掘机横七竖八别在路口，前方修路的牌子杂乱无章，有的斜在路边，有的卧在泥水中。大桥不远处是几排临时搭建的房子，是路段指挥部无疑，当然也是修路工人的吃住所在了。

我刚要去那里打问详细情况，还未进房子，一位年纪稍大的工人就出来了，他告诉我说，要走就赶紧走，不走就立马掉头。你看，天阴得这么重，否则就来不及了。

天的确阴得很重，点点雨星似乎都能感觉到。我决定前行，没有后退的打算。

过了大桥，洮河之水失去了湍急的奔流，它平铺在河道之中，缓和了许多。两岸人家早已将田地收拾得干干净净，只有倒立的茬草和豆秆留在地里。一些冒出地皮的、收割时遗留的种子却又艰难地焕发出短暂的生命力。不久的将来，霜冻会布满大地，雪会覆盖四野，狼会沿村子号叫，鹿和豹子会窜出山林，野猪也会在村子四周散步。河道两岸的松树黑油油成片，阴森可怕。岸边柳树丢光了叶片，徒留光枝随风摇摆。而桦木却一片火红，绚烂无比。还有许多一丛一丛的灌木，或红或黄或斑驳，它们将整个山谷装扮得异彩纷呈。唯有洮河沿东北流淌，在高山与田地间如委蛇而行的闪着光鳞的巨蟒。

行至不到十公里，就基本辨认不出路面来了。坑很大，而且积满了泥水，无法判断其深浅。只能凭勇气和运气冲过去了。除了双脚沾满泥，车身不见颜色外，天完全黑透前，我还是赶到了扎古录镇所在地——麻路村。绝望了好几次的心情因此也变为欣喜无比，同时还有种说不出的感激和愉悦。然而，没等找到住宿的地方，憋了一天的雨终于泼了下来。

扎古录镇位于卓尼县东南部和西北部的洮河沿岸，处在甘川两省交接的边缘地带，属藏、汉、回等民族的接合部。传统文化与现代文明在这里结合得非常融洽，融合得十分到位。甘南人曾戏称麻路是甘南的"上海滩"，是因为改革开放初期，国家对森林木材运输管理并不严格，因而麻路有许多人发了财。走出去的人多了，带进来的新思想和新意识也就多了。麻路几乎一夜之间就脱掉了改革开放前的旧衣裳，新思想、新潮流一股脑儿向这里靠拢，要不怎么说是甘南的"上海滩"呢！

无论如何好，我赶到麻路时却赶上了一场大雨。还好，倘若再迟十几分钟，说不定命运都会有所改变，因为深山峡谷塌方之事随时会发生。

路灯明明灭灭，小镇两条并不平行的狭窄街道上没有一个人影，就连平日最为红火的豆格草台球室都关着门。来回转了两圈，雨算是停了。雨一停，风却来了。风很尖利，它的吹刮令人有种陷入绝境的悲观。不能在车上蜷一夜吧，天明还要赶三百多公里路。我喃喃自语，同时也多出了担心和后怕。

车子不敢熄火，我一边给手机充电，一边不停地翻找电话号码。

麻路对我而言谈不上陌生，这里的大多宾馆我都熟悉。麻路的宾馆原本不是啥高楼大厦，而是居家之室，或三间，或四间，或五间，只留一间供家人住。夜深人静，电话一关，大门一锁，除非你有包租婆一样的狮吼功，否则就有可能露宿街头了。

终于打通了"麻路水乡"的电话，很不巧，他家住满了人。但主人还是给我开了门，并让我到里屋，倒了一杯开水。他告诉我说，扎古录镇这几日迎接国家脱贫验收，整个麻路都没有空房子。

你先坐会，喝点水，我去问问。他说完就出了门，上了房。

他和我谈不上是好朋友，只是认识，也是平常我们下乡驻村住他家的次数多点而已。深更半夜，不管怎么说，他的热情还是深深地感动了我。

一会儿,他从梯子上爬下来,说,玉龙宾馆有间房,不过睡懒觉就不行了。此时哪有选择的余地?玉龙宾馆我早年住过几次,之后再也没有去过,原因是他家的厕所比较远。

车停在门外,什么东西都没带,我只身进了大门。老板是个年轻的妇女,她揉着眼睛,给我开了门后就飞一般下了台阶,闪身不见了。之后传来关大门的声音,再之后,这里一片死寂。

完全没有想到,玉龙宾馆发生了翻天覆地的变化。他们盖了新房,而且所有房间都改成了标准间,有暖气,有马桶,还有花洒。后悔没有把洗漱用具从车上取下来。尽管如此,我依然将沾满了臭汗和泥水的身子从头至尾清理了一番。

不大记得入睡前的那些奇思妙想了,翻开的笔记本掉在地上,没有留一个字。房子临街,外面的嘈杂没有吵醒我,九点后,我被轰隆隆的巨响惊醒了。原来跟我相邻的一间房是压面铺,压面铺的主人自然不会因为隔壁住了一个身心疲惫的流浪者而放弃她一天的生意。压面机的声音震人心魄,从脚底直入心脏,势如十几列火车从身边呼啸而过。

爬起身,拉开窗帘,外面阳光正好。又是一个艳阳天。又要动身了。时间十分宝贵,一旦错过季节,落一场大雪,就再也到不了洮河源。

那个年轻的妇女见我要离开,便说,这么面熟,经常下乡吗?

我说,是下乡,但不是经常。

她说,那下次来了打电话。昨晚如果不是我姐夫从房上下来喊我,你就冻死在大街上了。

你姐夫?我很惊讶地问她。

是呀。姐夫说,来了个熟人。她又笑着说,我们房连房,要不他是叫不醒我的,我瞌睡重得很,大炮都惊不醒。

我说,我在你家住过,你们啥时候收拾了房子?

春天修的。房子旧了,没人住。没人住就挣不了钱,挣不了钱就会饿死的。她一边说,一边打开电话,让我加她微信。又说,你们当干部的人缘广,以后多介绍朋友来住我家,我给你优惠。

我加了她微信,说,已经很便宜了,我会多介绍朋友来住你家,否则你就饿死了。

她哈哈大笑,说,那就麻烦你了。

我说,你瞌睡重,我瞌睡轻得很,下次可别给我开那间房,下面的压面机像火车一样,害怕得很。

她又哈哈大笑起来,说,我姐夫应该跟你说了嘛,只剩那一间了。

吃口饭,必须走了。沿麻路东行,其间全是狭窄的山间小道。算算时间，到碌曲县大概要到午后了。

吃饭期间，我看了看手机，也翻到了她的朋友圈，但见她写到：

> 季节流转，终会留下许多怀念
> 你体味秋的香甜，感受秋的饱满
> 我只好在秋风中捡拾落叶一片
> 而远行人穿过午夜大街
> 瓢泼的雨打湿了他的衣衫

多么有情怀的女人。

我叹息一声，然后狼吞虎咽般吃完了一碗粉条面片。

6

不足两个小时，就到了博拉。一下从农牧接合地转入纯牧区，眼前突然就开阔了。山上荒芜，山下荒凉，牧场冷清，牛羊能数得过来。从山上向下一看，洮河十分温顺，蜿蜒盘旋，在阳光与草原山巅之间，熠熠闪光，它失去了在深山峡谷中的宏大气势，像铺在地上的羊肠子。

中午时分，到了碌曲县，吃了一口，便又出发了。没有

它们从一片草原到另一片草原

去李恰如牧场，实际上就没有必要去碌曲县城。这是后来我才知道的。李恰如山是西倾山南边的支脉，同属于代富桑草原领域。河流在广阔的大地上分散聚合，聚合而又分散，它们或扩延到四荒八野，或进入高山峡谷，最后汇入大海，若刻意区分地域或流经，就显得愚蠢而狭隘了。

经过碌曲县红科村时，已经下午了。公路上牛羊很多，它们从一片草原到另一片草原，必须穿过公路。也是因为公路将硕大而完整的草原划割成两半，牛羊不得不穿越。公路上的牛羊显得悠闲自在，它们站在路面上，一边回首，一边漫步。这个时候千万不能打喇叭，也不能下车驱赶，只能等待。牧场就在附近，帐篷四周几只藏獒昂着头来回走动，用草皮和牛粪围成的小屋子冒着缕缕白烟，但不见牧人。

红科到了，距离青海河南县也就近了。然而，我还是整整走了两个多小时。中途有条水泥路，导航慢了两拍，驶入水泥路约十公里，就没有路了。四周是茫茫草原，道路极其狭窄，无法掉头，我心里慌了。两边全是铁丝围栏，路的尽头只有一条羊道，车子一旦驶进去，就会更麻烦。因为草场承包之后，是不容许随意践踏的，更不容许车辆进入。

深秋的草原凉意很浓，风很紧。举目无亲，而时间过得无比迅疾，脚下的影子越来越长。只好沿羊道前行，目的只有一个——要找到这片草地的主人，求得容许。

前行三百多米，羊道也不见了，草很丰茂，踩上去感觉很厚。这一带草原上草原鼠很多，鼠洞到处都是。草原鼠对草原的破坏性很大，而牧民们却不愿意消灭它们。我一边走，一边张望，同时也感慨草原鼠大肆破坏草原的行为。草原鼠也是热爱这片草地的，它们生活在这里，对成片成串的草根充满了渴求，对附近的河流和湖泊有着强烈的探寻欲。它们成群结队，勤奋储粮，为了延续生命，自然不会考虑生存于这片草地上的其他生物了。所有生物都是自私的，一切皆天性，刻意做是非对错之判断，就失去了它们存在的意义。不过在这个时候，我还想着这些，真有点迂腐而太书生气了。

上天雀的鸣叫十分响亮，由近及远，由高到低，既而钻入云天，不见了声息；既而又回旋下来，贴草地飞行。群鸟散开，且相互啼鸣，可见天快要黑了。这个季节，上天雀是不在乎风的，它们经常停留在空旷而有风的地方呼朋引伴。当然，这种情况在农区收割庄稼的时候最为常见。如果在农区，在庄稼收割期，沿上天雀鸣叫的附近寻找，或许能找到碧绿如玉的上天雀的蛋。然而这是牧区，在茫茫草原，加之天将欲黑，我哪有心思去寻找鸟蛋呢。也或许能遇见几颗碧绿的鸟蛋，因为它们常常用行动泄露它们拒绝用语言泄漏的机密。而事实上我并没有时间去留意那些，也无心低头查看草丛里的秘密，因为天黑前走不出这片草原的话，麻烦会更大。

草原上的风也是匆忙的。结满草籽的草弯着腰,它们想努力站稳身子,但还是禁不住风的推送而轻轻摇晃。我听到了狗的叫声,也看见了一顶帐篷,在一处草地的凹坑边。顾不上那么多了,壮壮胆也就过去了。

帐篷里只有一位老奶奶,狗也没有扑过来。我说明了来意,她似懂非懂,但她给我倒了一碗奶茶,取来糌粑盒子和酥油。一口气喝完了奶茶,精神好多了。无法和老奶奶深入交流,我只好比画着走出帐篷。老奶奶也跟着我出了帐篷,一直到停车的地方。她明白我的意思了,啥都没说,用手指着让我开进来,再掉头开出去。

车上没有什么东西,就算有,在草原上都不算什么稀罕的东西了。还好,有一块砖茶。把砖茶送给老奶奶,老奶奶推却了一下,最后朝我竖起了大拇指。

又是十公里,路不远,但来回耽误了一个多小时。后来我想,去河南县,怎么会是一条水泥小道呢?大多时候,人是靠不住的,想来高科技的导航有时候也是靠不住的。几十年前,家里养过一头黑毛驴,后来卖了。半年后,那头黑毛驴又回来了。因长途跋涉,没几天就死了。而让我感叹的是,那头黑毛驴依然认得自己的家。从市场上卖掉,其间不知转了多少人的手,到过哪些地方。可它依然回来了。为什么我们在路上动辄就会迷失呢?

沿洮河北上,行至青海省河南县赛尔龙乡时,天黑了。赛尔龙是甘青交界地,向北跨一步便是青海河南蒙古族自治县。

到达县城已是华灯初上,街道很干净,广场大而空,成吉思汗弯弓射大雕的雕像威严而高大。但我始终觉得缺少了什么。

一夜无眠,不仅仅是海拔原因。三千六百米的海拔于我而言,根本构不成威胁。后半夜,我打开窗户一看,街道上没有一个人的影子,只有清冷的路灯照着毫无表情的建筑。到底缺少什么?我突然醒了过来——河南县几乎是个没有树木的县。那么高的海拔,是很难生长树木的。令人欣慰的是,河南县并没有因为面子问题而从南方运来树木装扮县城。有碧水蓝天,还不够吗?

7

早晨起来沿街转了一圈,牧民们用围巾包着头,骑着摩托车,风刮一般驰过街心。天上没有一丝云,但冷得出奇。十点多,我找到了一家营业的饭馆。幸好,开饭馆的是我的老乡。我一边吃饭,一边与他闲聊,其间也打问了去洮河源的路。我的老乡一脸茫然,根本就没有听说过洮河源就在这里。

吃完饭，我在街面上打问了好几个出租车司机，奇怪的是他们也不知道洮河源该怎么走。于是我又来到广场。广场边有位老人，老人知道得多，他告诉了我详细的地方和路线，还恨不得带我去洮河源。

从导航上看，县城距离洮河源——代富桑草原，有七十多公里，但需要九个多小时。我的第一反应是，去代富桑草原是没有大路的，只有羊道。但无论如何，一定要去洮河源头。我不想和李广平他们一样，在无尽的岁月里留下那么多遗憾。

中午又到了赛尔龙乡。实际上，不应该去河南县城。赛尔龙就在红科村不远的地方，去河南县，再到赛尔龙，原路返回需要整整三个小时。

赛尔龙乡很小，只一条街道。沿街西行，约五公里，就到了洮河源湿地公园。有许多来看洮河源的人，走到这里自以为到了源头，然后呼叫，狂欢，拍照。事实上，赛尔龙不过是洮河上游溪流汇集成宽阔河流的地方，距离洮河源还有很远的路要跋涉。赛尔龙和很多草原旅游开发地一样，他们在这里全力打造洮河源湿地公园，目的也是再明确不过的。所谓洮河源国家湿地公园，不过是在硕大的草原上立了一块石碑而已。唯一让人振奋的是，在这里能看见西倾山雄伟的全貌。

西倾山在《北史·吐谷浑传》《水经注》《大清一统志》等文献中均有记载。洮河发源于西倾山东麓，一百零八眼清泉漫溢草地，那是何等景致呀！仅仅看看雄伟的西倾山，心有不甘。于是，我又问问了好几个人，最后有人愿意用摩托载我去代富桑草原，当然我也是出了天价。从赛尔龙出发，摩托车在羊道上大约颠簸了两个小时，下午三点终于到了洮河源头所在地——代富桑草原。从摩托车上下来，我差不多成僵尸了，但还是被眼前的景观所震撼。草原千里平铺，远处雄山高耸入云，闪闪发亮的溪流漫溢草地，它们好像静止不动，而又悄然汇聚成溪，渐而成河。洮河源头的一百零八眼清泉根本就无法分辨，看见的只是一片闪动着光泽的湿地。一百零八眼泉的由来是什么？这些并不重要。重要的是大片草原湿地不断移动，不断汇聚，最后成河，并在李恰如山的山谷中汹涌而下。风景之美自然不必说，奇珍异兽也是随处可见。据说，新中国成立前，安多地区的王公贵族们每年六七月便来这里休闲，饱赏大自然的奇妙景观。我有幸来洮河源，难道不也是一种福报吗？

洮河，藏语名为碌曲，意译为龙水或神水，发源于今碌曲县西南西倾山和它的支脉李恰如山南麓的代富桑草原，初分南北两源，北源名代富桑雄曲，以李恰如山上的水源为主，

闪闪发亮的溪流漫溢草地

南源出于西倾山北麓,称恰青河,藏语称代桑曲。两河汇合后流经李恰如牧场附近,又汇入野马滩河以后才称为洮河。在流经碌曲、夏河县境后,于扎古录乡安果儿村流入卓尼境内,完成整个上游的流程。详尽的资料是这么说的,而这份资料的形成很显然是考虑了具体的地域,有利于地方旅游的发展和推动,因而不能全面说明问题。我想,青海河南县有关洮河源的资料大概不同于我所见到的这份资料。

李恰如山偏南便是甘南藏族自治州碌曲县。当初没有听朋友的劝告,其实我也是犯了形而上学的错,走了许多不该走的弯路。不过到了洮河源头,算是了结了一桩心愿。源头活水,活水何尝不是一个大家庭呢!它们在径流期间分分合合,浸染不同地域之物质,最后流入大海,也算是翻山越岭后的回归吧。

返回路上,我仔细留意着天空和草原。广大无边的天,一望无垠的地,空旷突然让我变得孤独起来。溪流在草地上似游蛇,没有方向,也没有目的。西倾山在遥远的天边,而天边的白云赶着羊群,聚合分散,也没有方向和目的。没有风,但很冷,我恨不得撕一把漂浮在眼前的棉絮,塞到衣服里。

快到碌曲地界了,眼前的一片白桦林十分显目,我就此停了下来。洮河顺南而下,水势很大,水流湍急。落日下,白桦林里的野鸡和仓鼠都来到河边，它们或从叶片上踏足而过，或低低掠过白桦林。它们有足够的能力可以穿行各地，然而却未曾离开这片白桦林，它们的家园就在这片不足一公里的白桦林里。相比而言，我们四处奔跑，而疏远了自己的家园，一直寻找梦中的香巴拉，不也是愚笨而可笑的吗？

是的，我该回到家园，从此不再去陌生的街头流浪，也不再去陌生的街头独自孤独了。

十几分钟后，太阳隐去了身形，多彩斑斓的白桦林也失去了靓丽的色彩，变得黯淡无比。饱满的草籽沾满了我的袜子，我一一将它们摘下来，包在纸里。我想，一定要带它们回到家园，种在盆子里。我还想，无论走到哪里，都会有源头草籽的清香。

其实，我还有一个秘密。倘若有一天我的阳台上长满来自源头的青草时，我一定会想起洮河源头活水。多么希望源头活水的清澈，时刻涤荡那颗因奔波而疲惫了的心。

2019.10　龙多村
2021.03　通钦街

代后记

行走：现实与想象

2019年10月初，我所有的想法和计划成了泡影。因为要在卓尼县刀告乡龙多村驻村，开始长达两年的第一书记兼帮扶队队长的工作。沿洮河行走的想法和计划埋在心底似乎很久了，迟迟没有实现，并不是懒散。现在看来，这样的搁置并非是坏事。住在龙多村村委会里的这段时间，我重新对起初的关于洮河沿岸民生、民风、民俗之调查计划有了新的想法。的确也是起初的想法过于单纯且有点利益化了。然而，所有的想象总是很简单，让其变成现实却很不简单。

故土养育我几十年，可对它的理解有了越来越多的偏差，甚至有了莫名其妙的远离和逃避。和故土不能分割，又似乎形同陌路，既不能彻底远离，也做不到朝夕相守。然而光阴并没有停下来，也没有给我任何与故土重新相亲相爱的机会。和生我养我的那片土地一边疏远，又一边不断靠近。这样的情形让我在现实世界中多出了对故土认识的偏颇，也多出了对现实的质疑和不信任。

　　生活了几十年的那片土地上河流众多，草原无垠，牛羊成群，没有人不爱生养自己的土地，为什么我却对生养自己的那片土地有着这么多的不理解？当我再一次踏进那片土地，才发现在现实与想象中，是我抱有了过多的理想，甚至高于现实太多的幻想。我的想象与现实好像是一条河流的两岸，中间隔着一层抒情的文字。必须打破这层抒情，让它们融在一起。于是，我在洮河沿岸驻村的这段日子，一直努力着将自己完全融入，甚至刻意地用各种办法与这片土地融合，因为新的环境对一个人认识生活和事物会有新的思考。然而我成了一个漂泊者，在风雪弥漫的车巴河边，听河水轰响，听寒风呼啸，却偏偏找不到融入的支点。我想，大概是缘于心理和文化的不同，致使我对脚下的这片土地具有了排他性。

　　必须找到这个支点。于是我带着许多疑惑，带着理想和远大的抱负，用了两周时间，走完了洮河流域。我的行走再次让我的想象变得脆弱无力，是自己的想象过于绚烂，还是现实的客观的东西过于庞大而沉重？事实上，这样的问题并不在我起初的计划内，但在行走的途中，不可避免地遇到了。无法逃避，也无力解决。

　　洮河沿岸生活着的我的亲人们，或耕种，或放牧，或于青藏高海拔的天地里放牧自我，或在黄土堆中躬身劳作。千百年来，他们坚守着理想信念，不折不扣地守护着河流，使自己的人生世界在无尽广大的天宇之下不断完善更新。他们坚守理想、守护河流的同时，也朝着连自己都不可预知的方向前进着。牧业因为草场的不断缩小而收入锐减，农业收入微薄，传统的种植被人们放弃，手工业更是萎缩，甚至消失，土地变得复杂起来——其实，根本上和土地无关，是生活在土地上的人们变得复杂起来了。

我们都是社会的人，无论是人还是人的情感，都无法逃离社会，社会环境的力量十分巨大，社会心理不可能不侵入我们的心灵世界。是的，在行走洮河沿岸的那些日子里，我看到了许许多多人和事，是我起初的想象里没有的人和事。对现实生活的观照，如果仅仅停留在想象上，我想，这是一个作家的不真诚。观察、叩问、反思，贯穿于我在洮河沿岸行走的过程中，也纠缠在散文的真实与虚构之中。或许跟现实贴得太紧，作品反而表现出更多假的成分来。作为艺术，怎么能离开虚构呢？我不否定所有有关洮河源记录的真实性，但也没有放弃对某些情节的虚构。我不想纠结，散文的真实并不一定就是作者所经历的真实，只要写出真情、真诚、真实，只要写出人情味、世俗味、烟火味，我想就够了。

逝水。逝者如斯。其实，河流并没有逝去，它浩浩荡荡，一如既往地直奔目的地。洮河沿岸，不断逝去的是先民创造的一些民族文化，不断萎缩的是先民创造的民族传统。

冬天了，高原寒冷。这个冬天却不让人安心。《洮河源笔记》终于定稿了，冬日阳光温暖，可大街上没有行人。我不能因为病毒的侵扰而放弃对土地的热爱，也不能因为洮河沿岸不断失去的文化和传统，而放弃对河流的追寻。要保持自己内心的坚守，把简单淳朴的词语抱在怀里，让它给予我这个冬天无尽的温暖，像大地一样，焕发新的活力；像河流一样，永不枯竭。或者说，这就是我要找的那个支点。找到它，想象与现实之间的距离会渐渐缩短。

2020.2　通钦街